文芸社セレクション

介護の蝉

～レビー小体型認知症を生きた日々～

戸海 志桜里

JN126658

文芸社

もくじ

第１章　大吉と映子

一人ひとりの人生が一冊の物語だ。

ロマンチックな恋愛に彩られた一生もあれば、社会派のハードな一生もある。貧困と流浪の一生もあれば、巨万の富に囲まれて社会を上り詰めた一生もあるだろう。映画で描かれるようなメリハリのある人生ではないにしろ、それなりの山や谷を越え、映子は大吉と年金暮らしの気楽な余生を過ごすつもりだった。子育てという大きな仕事が終わり、これからは自分のために時間を使える。天国に行くまでの時間がどのくらいあるのかは判らないが、少しぐらいは楽しい時間を過ごしてもバチは当たるまい。幸い、ふたりとも持病もないし、まだ体も動く。大吉の趣味の釣りや、トレッキングも楽しめるだろう。映子は、自分の人生はホームドラマで終始するだろうと思っていたのだ。まさかスリルとサスペンスとホラーに彩られる最終章が用意されているなど、想像もできないことだった。まさに、一寸先は闇であった。

大吉は、５歳年上の姉と４歳年上の兄がいる。そのせいかどうかは知らないが、子供の頃から家にいるより少年団の活動をしている時間のほうが、長かったかもしれない。大人になって、他の仕事も経験したが、結局自分が一番やりたいことを仕事にした。野外活動の専門家になり、青少年育成団体の運営するキャンプ場の管理の職を手に入れた。定年からさらに数年、嘱託として慣れ親しんだキャンプ場を離れることはなかった。大吉にとって、そこに居られることが何より重要だったのだ。

しかし、キャンプ場は、彼の退職と同時にこの世から姿を消した。子供の数が減少し、同じような少年団体がいくつも乱立する状況の中で、運営が難しくなった。大吉の人生そのものだったキャンプ場は、仲良く連れ添って社会から退場したのだった。大吉69歳、映子59歳の年だった。子どもたちは、すでに仕事を得て東京に住んでいた。

キャンプ場の管理棟に住んでいた大吉と映子は、新しい土地に引っ越さざるを得なかった。映子にとっては、引っ越しはありがたかった。キャンプ場は標高1000メートルを超えていたので、冬にはマイナス20度にもなる。雪かきや氷との戦いは、年をとったらきつい。暖房費も馬鹿にならない。病院や銀行にもっと近い場所で、いざとなったら歩いていけるようなところがいい。でも街中に住むには、山の暮らしが長すぎた。家々が密集しているところに住む気になれないのだ。あまり暑いのも耐えられない。適度に自然が残っていて、あまり寒くないところ。映子はネット検索を駆使して、この標高700メートルの中古の家を見つけたのだった。新しい家からは、八ヶ岳や、瑞牆山、甲斐駒ヶ岳に囲まれて、のんびりした農村風景が広がっている。

洗濯物はよく乾くし、近くの畑で採れた新鮮な野菜をいただくこともある。ガーデニングが好きな映子にとって嬉しいのは、庭に色々な植物を植えられることだ。映子はこの環境が気に入っていた。これから、いろいろなところを探検するのが楽しみで、何十年ぶりかでワクワクしていたのだ。

しかし、大吉の反応が、なにかおかしかった。

どの川で釣りができるか。漁業権は何処で買えるのか。いつも同じことを言っては、何も実行に移さない。新しい道を探すことも、覚えることもできない。どこに行っても、あまり感動がない。どこか上の空だ。特に怖いのは、運転だった。助手席に乗っていて生きた心地はしない。車外の風景に気を取られると、気をそらすことができず、運転に集中できない。ブレーキのタイミングが遅く、車道の端っこを走るのでいつ脱輪するかドキドキものだった。スピードは以前よりかなり遅くなってはいるのだが、時速40キロ出ていれば十分危ない。ところが、運転手は、俺の運転はうまいと思っている。彼にとっては、何もかも完璧らしい。映子は、ドライブの度に胃が縮む思いをしていた。

タイヤ交換は、頼むとお金がかかるからと言って、大吉がいつも自分でやっていた。タイヤ交換をした数日後、映子が運転して大吉は助手席に乗り、急な坂道をくねくねと曲がりながら降りていたとき、ギギーという金属の擦れる大きな音がし始めた。運転始めてから30年、一度も聞いたことのないような大きな音だった。車がばらばらになるのではないかと思わせるような、恐ろしい音を立てながら、くねくねと坂を下り、国道に出た。どこか、ガソリンスタンドか、修理工場、車のディーラーでもいい。車が、壊れる前に、どこか、無いか。田舎道は、店も少ない。映子は冷や汗をかきながら、知らない修理工場に突っ込んだ。

原因は、タイヤの交換だった。タイヤを取り付けるためのネジが、緩んでいたのだ。運転中にタイヤが外れていたらと思うとゾッとする。今頃、谷底だったかもしれない。大吉が、ネジを締めたと思い込んだところに問題があった。本人は、ちゃんとやったと思っている。たしかに、今までは、ちゃんとできていたのだ。しかし、今回は、最後にネジを締め切ることができていなかった。その時は、「うっかりしたのね」と思うしかなかったのだが、これは認知症状の一端であった。

車といえば、スバルの軽ワゴン車４ＷＤを愛用してきた。スバルの４ＷＤは雪道の山坂に強いと定評があった。ところが、スバルが軽の生産を止めてしまったので、これが最後と買った新車だった。車検を2回通したところだったので、あと4～5年は乗るつもりだったのだが、引っ越しでかなり酷使されエンジンが駄目になった。

映子は、大吉の運転を見ていて、エンジンが壊れるのも納得がいく。車のみならず、掃除機も壊している。自分の思い通りにしたくて、もっと伸びろとばかりコードを引っ張りすぎて、コードの巻き込み機能を壊す。コードが短いのは掃除機のせいであり、コードが届かないのは、掃除機が悪いのである。車も、その機能の限界まで坂道でスピードを上げたりすることを繰り返せば、壊れてしまうのは当たり前だ。

大吉は、前に少しでも遅い車がいると、その運転を評価し始める。そして気に入らないと決まると追い越しを掛けるのだ。つまり、相手より自分のほうが運転はうまい、と確認するために。上り坂ではかなりエンジンに負荷がかかるし、相手が普通車だったりすると馬力は軽が劣るのであるから、軽なりの運転があるだろうと、映子はいつもヒヤヒヤしていた。

その追い越しで、大吉は過去に2回事故を起こしている。

自分の車は薪にする木材をランダムに積んでいたのに、追い越しを掛け、積んでいた薪が道路に落ちて、追い越された車が被害を受けた。幸い、運転手に怪我がなく、免許点数減点で済んだのだが。しかし、その事故のことも大吉は覚えていない。自分に不都合なことは、脳から削除される機能になっているらしい。

次の事故は、映子も乗っていた。河口湖からみさかトンネルの手前に、追い越し車線がある。前をノロノロと走る軽自動車を一度は追い越したのだが、その車が、追い越し車線に入り、抜き返してきたのだ。そろそろ2車線が合流する場所に近づき、映子は、やめろと言ったのだが、大吉はその車を許せず、走行車線からの追い抜きを始めたのだ。車線は一つになり、普通なら、追い越された車はスピードを緩めるしか無いのだが、何故かスピードを上げたので、大吉の車は追突されてしまった。追突されて、反対車線に弾き飛ばされた。幸いにも対向車がいなかったので車との衝突はなかったが、反対車線を越えて対岸まで跳ね飛ばされたのだ。もし、少し角度が違っていたら谷底に落ちていたところだった。これも幸いなことに、トンネル前の最後の人家の庭に突っ込んだから、今、こうして生きているわけだ。

映子は、その時のことをよく覚えている。何もかもがスローモーションになり、ぶつかるべき場所はゆっくりと近づいてきた。昔誰かが、車で塀に激突した時、時間がゆっくりになって壁が近づいてくるのがとても鮮明に見えたと言っていたことを、瞬間思い出した。これだ。こういうことだったのか。

車は、その家の庭に生えているラベンダーの茂みに突っ込んだ。

追突した車も、その庭に停車した。車から降りてきたのは、裸足にサンダル履きの、汚いシャツを着た初老の男だった。その車をよく見ると、バンパーは以前どこかにぶつかったのか、ガムテープで留めてあった。車自体も古い擦り傷だらけの軽自動車だった。

警察官が、顔なじみと見えて、

「また、やっちゃったね。ちゃんと保険払いなさいよ。事故起こさないようにしなさいよ」

「どこへ行くところだった」

「なんだか面白くないんで、温泉に行こうと思ってさ」

どうやら、任意保険には加入していないらしい。しかも、事故常習者だ。被害は、こちらの保険で片をつけなければならないのか。映子はげんなりしたが、大吉も映子も怪我がなかったのが不幸中の幸いであった。その後、保険会社の人も、何度も電話したが埒が明かなかったようだ。結局一銭も払われず、その家の庭の破損も、車の修理も全て、こちらの保険で賄うしか無かった。あんな車、無視してほっておけば良いものを、ムキになり事故を起こす。大吉のそういうところは、以前から気になっていたが、これで少しは反省してくれるといいのにと願った。


認知症を疑って病院に行くきっかけを掴むのは難しい。なんか変だけど、と思いつつ時は過ぎていく。映子の場合、受診のきっかけは、認知症の母だった。86歳の母は、六年前に夫を亡くし、今は映子の弟と二人暮らしをしている。父が亡くなる1年前、母は映子に、

「毎日、お父さんと智士の寝る時間が違うから、私はこの1年お風呂に入っていないのよ」

流石に、この発言には驚いた。

「夜入れないなら、朝でも昼間でも、入ったらいいじゃない」

「誰か来たら困るから、昼間に入るのは無理ですよ」

「人が来たらお父さんに出てもらえばいいでしょう？」

「人に見られたら困るでしょう。お風呂は夜入るものですよ」

「じゃあ、温泉に行く？」

「温泉には行きません。人がたくさんいるお風呂は入れません」

母は、人がああ言えばこう言う、決して自分の主張を曲げることはない。お風呂に入れなくて困っているなら、どうすれば解決できるのか考えるのが普通である。しかし、母の主張は、解決したいのではなく、自分がどんなに不幸であるかを訴えることにある。

1年も風呂に入っていないという主張は、流石に聞き流せないおかしなものであった。

認知症かもしれないと疑いを持ったとき、相談するのは地域包括支援課である。とりあえず話を聞いてもらい、これからどうすればいいのか相談することができる。認知症の家族をこれから介護していくには、どんな方法があり、どのような手順を踏むか教えてもらう。しかし、地域包括支援課は、あくまでも行政の手続きの窓口であり、

著者プロフィール

戸海 志桜里 （とうみ しおり）

神奈川県生まれ。武蔵野美術短期大学商業デザイン科卒。グラフィックデザイナーを経て、結婚後、山梨県に移住。羊毛人形作家。2023年モンゴル近代美術館に羊毛人形のアートパネルが収蔵される。著書『イタリア縦断音楽巡礼の旅』

介護の蝉 ～レビー小体型認知症を生きた日々～

2024年3月15日　初版第1刷発行

著　者　戸海 志桜里
発行者　瓜谷 綱延
発行所　株式会社文芸社
〒160-0022　東京都新宿区新宿1－10－1
電話　03-5369-3060（代表）
03-5369-2299（販売）

印　刷　株式会社文芸社
製本所　株式会社MOTOMURA

ISBN978-4-286-25141-7

それ以上のことはケアマネージャーに委託される。介護認定を受けてから、介護のメニューを考えてアドバイスや、手続きのサポートをしてくれるのが、ケアマネージャーの仕事である。

母の場合、まずネックだったのが、主治医がいないことであった。もともと頑丈な体なので、怪我以外では受診することは殆どなかった。健康診断にも行っていない。介護認定には、主治医の診断書が必要になる。ところが、なんとしても病院には行かないと言う。その相談で、智士と共に映子も地域包括支援課のミーティングに行くことになった。母の相談事ではあったが、母の介護に映子も協力できるのかと聞かれ、

「夫の様子がおかしいので、あまり協力できそうもないのですが」

「ご主人は、どんなご様子ですか？」

「見えないものが見えているようなんです。幻視と言うのでしょうか。うちは二人暮らしなのに紅茶のカップが三つ出ていたり、知らない男の人が冷蔵庫のものを食べたと言ったり。以前は、ジェネラルディレクションが自慢の人だったのに、今は、全く方向がわかりません。方向音痴の私のほうが道を知っています」

「病院へは行かれましたか？」

「どの病院に行けばいいか迷っていまして」

「春川先生はどうでしょうか。沢山、認知症で受診している方がいらっしゃいます

よ」

第2章　病院ではレビー小体型認知症は手に負えない

春川脳外科病院は、地域で有名な病院だった。待合室は、いつもいっぱいで、予約をしても1時間以上待たされた。大吉は、病院に行くことに抵抗はしなかった。薬や病院は、彼にとって痛さや苦しみから救ってくれる存在だったからだ。健康診断は、一人で毎年受診していた。体の不調に対しては、とても敏感な割には、気分が乗れば無茶をして体を壊し、入院を2回もしたのも大吉だった。映子は、抗生剤に過敏なところがあり、出産直後に抗生剤で下痢をしたが、医師には聞き入れてもらえず、つらい思いをした。病院にはなるべくお世話になりたくないと心底思っている。だから、風邪をひいても頭痛がしても胃腸の調子が悪くても、病院に行かないで治す。肩こりが酷かったとき、知り合いに紹介されたカイロプラクティックでは、これは硬すぎてもう無理ですと言われるほどだったが、アロマオイルのトリートメントで、すんなり良くなり感激した。それから、アロマの勉強を始め、資格もとった。自分で、人にトリートメントをしてあげられる様になった。トリートメントというのは、いわゆるマッサージで、国家資格ではないアロマの世界で使われる言葉である。

更に薬以外の療法の探求は続き、バッチフラワーに出会った。日本では、代替療法自体が無視されているので、知らない人のほうが多いと思うが、実は世界では、医療機関でも普通に使われているレメディー（薬）なのだ。レメディーと言っても、その実態は「水」である。「植物の波動を転写した水」で、バッチ博士が生前作り上げた三八種類のレメディーは、人間のすべての感情に作用してその人らしいポジティブな状態にする事ができる。なんとも不思議なレメディーが存在するものだと、映子は最初半信半疑だったが、世界資格を取るための四年間の勉強で、自分自身が体験して納得したのだった。

なぜ人は病気になるのか？　バッチ博士がずっと問いかけていた、この素朴な問いの答えがバッチフラワー・レメディーだった。ネガティブな感情が、肉体を蝕み病気になる。その苦しみを、誰でも安全に簡単に癒すことができる仕組みとして、バッチ博士はこの植物のレメディーを残したのだ。

バッチ博士は、西洋医学、ホメオパシー医学を学んだ医者であったが、医学の勉強をしていない自分が、人の病気を診断することは憚られる。自分や家族は良いとしても、苦しんでいる誰にでも積極的に勧めることなど出来はしないと映子は思っている。どんな病気にかかっているのかは、やはり病院に行き、検査を受ける必要があるのだ。

病院での検査は、ＭＲＩと、いわゆる卓上の認知症検査だった。

診察室に入ると、初老の丸っこい春川医師がにこやかに待っていた。検査の結果を見せて、

「脳の萎縮はあまりないし、検査結果も、ＭＣＩ（軽度認知障害：認知症ではない）レベルです。幻視があるということは、レビー小体なんでしょうね。まあ、ＭＣＩレベルですから認知症とまでは言えないというレベルでして。大丈夫ですよ。まだね。奥さんは、見えないものが見えていても、それに共感して安心させてあげてください」

「共感するって、どうしたらいいんですか」

「まあ、見えない人がいてお茶碗がたくさん出ていたら、茶碗にお茶を入れてあげてですね。そうすると、本人も気づいてきて、だんだん言わなくなります」

「はあ、そんなものですか？」

幻視に関しては、毎日のように今日は子どもたちがたくさんいる、だの、友人（数年前に死んでいる）が来ているだの、虫がいるだの、蛇がいるだの内容は様々で忙しいのだ。とてもついていけない。見えているのは大吉本人だけ。誰もいないところに、お茶を出せるだろうか？

その日、アリセプト３㎎が処方された。薬剤師からは、

「これは、これから一生飲む薬ですから」

「一生ですか？」

「普通は、だんだん５㎎、７㎎と増えていきます」

しかし、飲んでも幻視に変化はない。無くなるどころか、更に活発になっているようで、人数は増えるばかりだ。１ヶ月後の受診では、アリセプトの増量で５㎎になり、抑肝散が追加され、薬の袋は膨れ上がった。医師の言うことには、

「奥さん、女優になりなさい。女優ですよ。見えなくても、お茶を出して、笑顔で応対するんです。そうすれば、ご主人は、安心して気持ちも楽になりますよ。ご主人の気持ちが安定することで状況が良くなりますから」

「それはできません。だって見えないですから」

映子がそう言うと、医師は不機嫌そうな顔になり、診察はそれで終わりだった。

毎日毎日、見えない者がいると言い続ける大吉と顔を突き合わせて、たった二人で暮らしている映子の気持ちはどうなるのか？　この、不快さ、この嫌悪感を、医師は全く理解してはくれなかった。

実際、努力はしていたのだ。お茶を五人分ついでテーブルに並べたが飲むもののいないお茶は、虚しく冷めていった。大吉は、その状況について何も言わない。幻視が無くなることもなかった。介護者の精神は誰がケアしてくれるのだろうか？　病院に通って、薬を飲ませて、改善しない幻視と妄想に付き合う毎日。病院に行っても、心

は晴れなかった。映子は、医師にもわかってもらえない孤独感を噛み締めていた。

答えを求めて、認知症の本も、読み漁った。しかし、レビー小体型認知症は、まだまだ未知の分野だったのだ。１９９５年レビー小体型認知症として、アルツハイマー型認知症、脳血管性認知症と共に3大認知症として分類がされたところであって、その症状の多彩さで治療法などはまだ確立されていない。何より厄介なのは、薬剤過敏性があることだ。

レビー小体とは、パーキンソン病の原因と言われるタンパク質である。このタンパク質が、脳の部位のどこに付着するかによって、いろいろな症状が出る可能性がある。体を動かす脳の部位に付着すれば、パーキンソンの症状が出るが、パーキンソンだから必ずしも認知症になるということでもない。そして、レビー小体が脳に付着したからといって、認知症になるとも限らないのだ。これは、解剖でレビー小体が見つかったが、生前認知症ではなかった症例が確認されているからだ。医者は、毎回転んだりしませんか、気をつけてくださいというのだが、大吉にまだこの症状はない。レビー小体型認知症の20％は、パーキンソニズムが出ないとも言われている。なんとも不可思議な認知症だが、それ故に、統合失調症やうつ病と混同され、薬剤過敏なのに精神科の薬を処方された結果、廃人同様になって過ごした患者も多数いたらしい。ちなみに、後になって映子は知ったが、別の医師がＭＣＩレベルであっても、レビー小体ならば認知症と認めるべきであるといっている。幻視・妄想がひどくても、認知機能は正常に近い人が多いからだ。大吉は、認知症の検査を覚えて、病院で検査があるというと、予習を欠かさない。そういう知恵はあって、結果、認知症未満と診断されるのだ。

その代わり、空間把握能力は無くなる。図形を書かせるとよく分かる。完全な立方体を描けなくなるからだ。体内時計も崩れていく。体内の感覚と実際の時間が合わなくなり、時計を見ては時間が間違っているという。カレンダーを見ても、日にちと曜日が間違っていると力説する。そしていつも言う言葉は、

「誰かの陰謀だ」

第3章　せん妄

レビー小体型認知症の特徴的な症状は、幻視、妄想である。そして、その症状は、特に夜ひどくなるのでこれを夜間せん妄と言う。レビー小体型認知症の介護者がみな苦悩するのは、この夜間せん妄だろう。この症状を目の当たりにすれば、みな精神病院に連れて行きたくなるはずだ。

春川病院に通い始めて、ほぼ1年経過しても、幻視と妄想は止むことはなかった。そして、大吉の背中は曲がり始め、手が震え、歩き方は小刻みになっていった。この状態は、どの本にも書かれている典型的な症状ではないか。映子は、このまま薬を飲み続けて大丈夫だろうかと疑問に思い始めた。病院に相談したところで、レビー小体に関する対応が全く分からない医師は、ますます薬を増やすだけだろう。一生飲む薬として処方されているのだ。無駄な薬を飲むことは臓器を疲労させ、毒を溜め込むことになるだろうと思った映子は、病院を変えようと考えていた。しかしどこへ？　とにかくアリセプトだけでも薬をやめてみよう。

アリセプトを止めて1週間後の夜中、大吉はトイレに行きたくなり起きたが、場所がわからなくなり、1階のトイレまでいってようやく用を足したと言う。大吉の寝室の横にトイレはあるのだ。それがわからないということはどういうことなのだろうか。

　朝食でその話を聞いた映子は、今までと違う反応に、やはり薬は必要だったのかと思い、アリセプトの錠剤を半分に砕いたものを飲ませてみた。

　昼食の後、大吉はめまいがすると言い出した。立っていられないほどで吐き気がするという。2階のベッドまでは行かれそうもないので、1階の部屋のカウチに寝かせる。起きられないまま、夕食もとれず夜まで寝ていた。やめていたアリセプトを少量でも飲ませた結果なのだろうか？　映子は、薬は怖いと改めて思う。

　大吉は、若い頃からメニエールがあり、時々疲れが出るとめまいがするといって、横になることがあった。めまいは吐き気を伴う。40代から50代にかけてメニエール症状は出なくなっていた。その代わり出現したのが、夜中の大声である。寝静まった夜中に、突然大声で叫びだす。「このやろう」と聞こえるときもあるし、「わー！」というただの大声のときもある。そして喧嘩しているのであろうか、手足をばたつかせるので、隣に寝ている映子は、睡眠中に突然、顔面を殴られるのである。あるいは、腹を蹴られることもある。ぐっすり寝ているときの突然の攻撃は、かなりのショックだ。悪夢でも見たのかと、起こすのだが、大吉はしっかり寝ていて、起きないのである。悪夢を見てあれだけ暴れれば、普通は自分の声で目が覚めるものだ。

朝食のテーブルで、

「昨夜はすごい悪夢を見ていたみたいね」

「いや、夢なんか見ていないよ」

「あんな大声で叫んで、腕も足もバタバタ動かしていたのに、覚えていないの？」

「え、暴れていた？」

「手があたって痛かったわ」

「そんな覚えはないなあ」

なにか変だ。しかし、その頃の映子には認知症の知識も脳の疾患の知識もなかった。これはレム睡眠障害という症状だったのだ。数回、殴られたあと、映子は大吉と別々の部屋に寝ることにした。これ以上、睡眠を邪魔されたら、具合が悪くなりそうだった。この頃、大吉の男性機能も働かなくなっていたので、別々の部屋に寝るのは時間も気にせず自由にできて、清々しくさえあった。

大吉は、なかなか寝ないのである。大抵は、何をするでもなく夜中の2時頃まで起きている。朝は、7時頃起きる。キャンプ場の仕事は、7時に起きてギリギリ。朝早い利用者は、6時に起こしに来ることもある。つまり、平均睡眠時間は5時間というところ。映子は、最低でも7時間は寝たい。若い頃は、8時間寝なければ持たなかった。子育て中は、なかなか睡眠時間がとれなかったので、昼寝を週に1日か2日、3

時間位取ることで疲労を回復させていたのだ。睡眠のリズムがこれほど違うと、別々の部屋のほうが合理的なのだった。レム睡眠障害が図らずもお役に立ってしまったというところか。いや、レム睡眠障害などないほうが良いのだけれど。

大吉は起きてこないので、先に風呂を使い、出て時計を見ると11時過ぎだった。そろそろ一度起こして、なにか食べるか聞いてみよう。すると大吉が起きる気配がした。映子は、起きてきた大吉に声をかけようとしてハッとした。大吉の目は、光を失い淀んでいた。知っている顔の造作はしているが、明らかに異質な雰囲気を漂わせている。

「お前は誰だ。どうやって人の家に入った」

大吉は、その死んだような目をこちらに向けて、近寄ってくる。背筋がゾッとした。ここにいるのは、長年一緒に住んでいる夫ではない。夫の形をした別な何者かで、私を異端者として排除しようとしている。

「あなたの妻がわからないの？　ここは私の家でもあるのよ」

「お前は映子ではない。嘘を言うな」

大吉は詰め寄ってくる。映子はジリジリ後ずさりをして、二人はテーブルの周りをぐるぐる回った。絶対に捕まってはいけない、映子は、必死に考えていた。もし、大吉が襲ってくるようなことになったら、鍵のかかる部屋はどこだろう。トイレに籠ろうか。それとも外へ逃げて、隣の家に助けを求めようか。警察に電話する暇はあるだろうか。

「なぜ人の家に入ったか説明しろ」

「私とあなたの家なのよ」

「泥棒か」

「泥棒じゃないわ。よく見て私よ」

「ウソを吐くのがうまいな」

「嘘じゃない、ここが私の家、私とあなたの家なのよ」

「実に巧妙だな。本当のように見せかけるのが」

話しているうちに、大吉のスピードが緩んできた。なんとなく自分でもわけがわからなくなってきているようだった。

脳は、たくさん栄養を必要とする。特に甘いものは脳の回復に即効性がある。映子は、冷蔵庫に杏仁豆腐のパックがあったのを思い出した。もともと、お腹が空くと機嫌が悪くなる男だった。昼も夜も食事をとっていないとなれば、脳の中は、スカスカになっているのかもしれない。

「美味しい杏仁豆腐があるのよ。食べましょう」

映子は唐突に言い放って、台所に行くと、大急ぎで、杏仁豆腐のパッケージを皿に開けた。手が震えたが、こぼれないように盛り付け、大吉の目の前に持っていった。

「美味しいから食べましょう。お腹が空いているんじゃないの？」と差し出した。

大吉は、黙って杏仁豆腐を食べ始めた。

「座って食べましょう」

大吉は、言われるままに座ると、そのまま食べ続けた。

「美味しいでしょう。お腹が空いているなら、もう少しなにか作りますよ。すこし待っていてね」

残っていた白飯と、海苔と鮭のほぐしたのを乗っけて、醤油少々とわさび、熱いお湯をかけたお椀を出す。

「お腹が空いていたのね」

「これは美味しいね。映子が作るご飯は美味しいよ」

やっと、大吉が戻ってきた。良かった。映子は、向かい側の椅子にヘナヘナと腰を下ろした。恐ろしい夜は、これで回避できたのだろう。多分。心の奥にまださっきの恐怖は居座っている。いつまた、大吉が正気を失うか分からない。認知症は治らないのだから。映子は、自分がもう一度こんな場面に耐えられるだろうかと自問していた。

これが、最初の夜間せん妄だった。

その後、繰り返されることになる恐怖の始まりだった。

第４章　要介護認定までの長い道のり

インターネットは、田舎の人間にも平等に情報を流してくれるありがたい通信網だ。ただし検索の仕方次第で、出会える情報量には差が出るが。

近くに、頼れる医者はいないのか、レビー小体型認知症をより理解してくれる医師を探して、映子はいくつかのサイトに辿り着いた。レビー小体型認知症を発見した権威として必ず出てくる小坂憲司の本を読んでみた。Youtubeの動画サイトも閲覧した。しかし、大吉の症状をケアする方法は見つからなかった。権威である医師は、アリセプト導入の立役者でもあった。アリセプトを飲んで、状態が悪くなったのを実感している映子にとって、この権威者を信頼することなど全くできなかった。レビー小体型認知症を特定したからと言って、患者の何を救えたというのか。苦しみを増やしているだけに過ぎないのではないか。映子は腹立たしかった。情報は、その制作年月日を注意しないと、古いものもまるで新しい顔で検索に上がってくる。実際、この医師の情報に有益なものは何一つなかった。

同じ動画サイト「認知症なんでもＴＶ」で、レビー小体について語っている医師がいた。医師は、自分の臨床経験からレビーを詳しく説明していた。その説明から、映子には今までの大吉の言動全てにピタリと符合するものを見つけたのだった。認知症は一日にしてならず。その人の発達特性と非常に深く関わっているのだ。

そして、さらに驚いたのは、アリセプトやリバスタッチパッチ、レミニール、メマリーなど、日本の厚生労働省が認知症薬とし認可し、奨励しているこれらの薬が、フランスでは2005年から保険適用から外されていたという情報だった。つまり、「これらの薬は、認知症に改善を与えたり、死亡率を下げたりという良い結果の証拠は不十分であり、有害事象の多さは無視できないほどだ」という評価をフランスの厚生省が下したのだ。

重大なニュースなのに、日本では語られていない。日本の医師は、日本の厚生省の言うままに認知症の患者にそれらの薬を投与し続けている。しかもアリセプトは、3㎎から始めて3ヶ月後には、5㎎に増量すること、という増量規定まで作られている。この通りにすれば、病院は安泰だ。しかし、映子が独自の判断でアリセプトの服用をやめてから、大吉の背中は伸び、歩幅も広がり普通に歩けるようになってきたのだ。手の震えも止まった。フランスの厚生省の判断は正解なのだ。日本は、認知症の重症患者を作り続けている。医療を信用できない悲しい現実が、顕になったのだ。

レビー小体型認知症の患者は、平均余命4年と本には書かれていた。確かにアリセプトを飲み続けたら、今頃大吉は、車椅子に乗っていたかもしれない。そして２年後には、寝たきりで死亡していたかもしれない。頼れるのは、自分のみ。どの情報を信じ、どう生きていくのか。悔いのない選択をしなければならない。しかし、医師でもない映子が、幻視、妄想を抱えた大吉を介護しながら、情報を吟味するのは容易な作業ではなかった。それを支えたのは、バッチフラワーの力と言えるだろう。レビー小体型認知症の人が陥りやすいうつ症状が大吉に出ないのは、バッチフラワーの力だ。映子の毎日の落ち込みを支えたのもバッチの力だった。ただ、それだけでは、この病気と対峙するには足りない。大吉の症状は、毎日これでもかと変化していく。それは映子の想像を軽く超える。毎日が負のワンダーランドだった。

夜間になると寝ては起き、を繰り返し、家中の電気をつけて回るせん妄状態は、ほぼ毎日続いていた。バチバチと電気をつけたり消したり、家中の扉を開けたり締めたり。時には、トイレに起きた映子が、大吉の小水を踏んでしまうということも何度かあった。廊下に小水の溜りができていたのである。せん妄状態でトイレと思い廊下に放尿して寝てしまう。小水に踏み込んだスリッパは、そのままごみとなった。そして夜中の３時に掃除をするはめになる。しかも放尿する場所はいつも違うのだ。映子は、夜間熟睡することができなくなった。いつ起きても対応できるように、トレーニングウエアで寝た。

名古屋のクリニックの医師が、認知症に効くというサプリメントを開発したという情報を見た映子は、そのサプリメントを試したいと思った。しかし、ただ通販で買うよりも、そのサプリメントを使った治療をする医師の話を聞きたいと思った。HPのリストから、この県には二人の医師の名前があった。家に近い方の病院に予約を入れた。

割と若い医師だった。

今までの経緯を話し、アリセプトは飲みたくないことを伝えた。医師は、卓上の検査と血液検査をして、お試しとしてサプリメントを1ヶ月分くれた。映子が、通販で買おうとしていたものだ。これで少しは、幻視、妄想が改善してくれればと映子は祈るような気持ちだった。

サプリメントは効かなかった。1ヶ月では効果が出なかったのか。とにかく、幻視妄想に少しの変化もなかった。医師は、それ以上サプリメントをくれなかった。ただ、血液検査の結果ビタミンB12がとても不足しているということで、それを補う薬を処方してくれた。そして、介護認定をするならいつでも書類は書きますよと言った。

「介護認定できるのでしょうか」

「介護認定は、介護する人が必要だと思ったらすれば良いのですよ」

映子は、介護認定というのは、医師が患者を診て判断するのだと思っていた。春川医師は、大吉のことをずっと認知症未満だと言い続けてきたのだから。これだけ幻視、妄想があるにもかかわらずだ。でも、そうではなくて介護者が大変だと思ったら申請すれば良いというのは全く新鮮な驚きだった。そして、介護認定書を役所に届けた。

大吉は、病院に行き始めてから１年６ヶ月で要介護１の認定となった。

第5章　除霊で幻視を追い払うことはできない

要介護がついたので、ケアマネージャーを決めなければならない。包括支援課では、各介護施設の一覧表をくれた。あとは自分で好きなところに電話をかけろと言う。好きなところに、と言われてもピンとこない。そこで、疲れ切った映子の頭は、回転を止めてしまった。しばらくして、包括支援課から電話があり、認知症の家族会の集りと、デイサービスの見学を提案された。家族会って何をする場所なんだろう。とりあえず行ってみることにした。

家族会は、2ヶ月に1回の割合で開かれていた。会場には認知症の家族が4～5組、一人での参加が七～八人、会場担当者が五人ぐらい控えていた。どうやら、お互いの状況や困っていることなどを相談したりするようだった。大吉がレビー小体型認知症だと聞いた主催者の女性は、

「だったら、石台さんがいいわ。石台さんのご主人はレビー小体だから」

主催者の女性が連れてきたのは、小柄だがテキパキした感じの女性で、分厚いノートを手にしていた。それは、介護日誌のようだった。映子も介護日誌はつけている。

毎日の症状や、出来事を記録することの重要性は計り知れない。介護者は、忙しすぎて、全て覚えていられないほど疲労しているからだ。しかし、色々書類を書くときや、人に説明するときあれはいつだったかとか、確認できると非常に助かる。それに、症状の移り変わりも確認できる。

石台さんは、映子に名刺を差し出すと、

「ご主人？　私も以前は今のあなた方のように、二人でこの会に来ていたのよ。同じ○○市ですものお電話くださいね。うちにもいらしてね」

「ありがとうございます。今、ご主人はどちらに？」

「１ヶ月前に、施設に入所したのです。空きができたっていうのでね。本来は、違うところを希望していたのだけれど、空きがなくて。私が入院したりしたものだから、施設に入れないともう、一人で介護しきれなくて。今は、半分寝たきりですよ」

「介護は何年目になりますか？」

「８年になります。施設に入っても、蛇がいるとか幻視があってね」

「蛇、うちもありましたよ」

「私は一度も主人の幻視を否定したことはないのよ。否定しないほうが良いって言うから」

「それは、すごいですね」

石台さんは、誰かに呼ばれて、忙しそうにそのまま行ってしまった。

幻視を否定しない。これはとても難しいことだ。映子は、なるべく否定しないようにはしていたが、フラストレーションは山のごとく膨らんでいく。

大吉の幻視は、大まかに分ければ、職業の延長で大勢の利用者が来る、昔の仲間が来るというもの、親戚やお父さんが来ているというもの、人間以外のものに分けられる。

ある日、大吉が幻視を間違って理解しているのを知った。

「俺にも霊が見えるようになったんだ」

「霊ではありませんよ。あなたの頭が作り出している映像ですよ」

「それはつまらないな。俺にも霊能力がついたのかと思ったよ」

映子には、小さいときからちょっとした霊的な能力があった。しかし、それは決して楽しいものではなかった。神社に行けば、そこで集まっている不成仏霊か魑魅魍魎の類に生気を吸い取られ、翌日高熱を出す。お墓の前を通れば、腕を掴まれる。映子の場合、見えるというより感じるというのが正しいのだが、その話を聞いた大吉が、まさか羨ましいと思っていたとは。

映子にしてみれば、くだらない能力でしか無い。この能力が無ければ、どれほど人生が楽になることか。レビー小体で幻視が見え始めると、お払いに行ったり、除霊を頼んだりする人もいるとは聞いていたが、ここにもいたのかと、映子は内心うんざりする。何回もこの話題は繰り返され、大吉の頭の中では、幻視は確実に現実なのだと思い知らされる。

ふと、大吉の視力はどのくらいなのだろうと思う。もし、視力が悪くなっていて、現実がしっかり見えていないのに、幻視だけくっきり見えたとしたら、現実より現実らしく思えるではないか。

映子は、大吉を眼科に連れて行った。通常の健康診断では、目の検査はしない。結果は、視力０・３で、白内障の初期と言われた。医師は、白内障は初期なので手術をしてもしなくてもいいけれど、どうしますかと大吉に訊ねた。大吉は、手術は怖いのでしたくないという。そこで、眼科は終了した。映子の勘は当たっていたわけだ。メガネをしたら状況は変わるのか。しかし、大吉は面倒がって、メガネは生活の中でかけようとしない。認知症の人間に新しい生活習慣をつけるのは、ほとんど無理だ。彼らはいつも通りが好き。変化を好まぬ超頑固者揃いなのだ。体の状況はわかったが、それだけに終わった。

認知症の残酷さは頼れるお父さんや優しいお母さんが、壊れていくことを見続けなければならないことだ。普通の老化とは違い、人格の崩壊は目を覆いたくなる。怒りっぽくなり、頑固になり、コミュニケーションが取れなくなる。怒り出したらなかなか収まらず、いつまでも同じことを言い続ける。人によっては暴力にまで発展することもある。怒り出す理由は、理不尽なもので、理論や常識は全く無意味だ。介護者は辛い心境をたえなければならない。

第６章　認知症の母は呪いの電話をかけ続ける

映子の母は、夫が亡くなったあと、常に怒っていた。いつも同じ理由で。怒っていないときは、寂しい寂しいを言い続けていた。

映子が、大吉の幻視や妄想で疲弊しているときに、母の電話は掛かってくる。内容はいつも同じだ。一人で寂しい寂しい寂しい……。

「私はいつも一人にされる。どうしてこんな目に遭うの。寂しくて寂しくて」

映子には答えようがない。どう慰めたところで、この気持は変化しないからだ。呪いの言葉を吐きながら、母はしぶとく生きている。

「私もお迎えがくると思うのだけれど。大丈夫元気ですよ。身体は元気です。でも寂しい……」

日によってはこの呪いの電話が、夜11時過ぎや夜明け前に掛かってくる。一日に二十数回掛かってきたこともあった。そんな電話がもう6年も続いている。弟の智士が一緒に住んでいるけれど、仕事で留守になると寂しい呪いが爆発するんだろう。要介護3になっても、電話を掛ける元気だけは衰えないのは本当にまいる。

母と夫を見ていて、認知症になる人の共通点が見えたような気がした。認知症になってから表面に出ている人格、行動などは、脳の一部が壊れたせいで誰にも見せまいと理性で抑えていた本音の部分が顕になった結果だ。

母の怒りは、父が生きていた時に言えなかったこと、自分が本心でやりたかった事ができなかったこと、あるいは父に止められたこと、自分が蔑ろにされ、家事に縛り付けられていたこと、そして、智士が結婚しなかったことへの恨み、全てが吹き出した結果だった。この怒りの噴出は、6年経って少し衰えたようにも思えるが、凄まじい勢いだった。

怒りの対極に寂しさがあった。この二つの感情は、双子の兄弟のようなものだ。脳の老化が進めば、そういった記憶も薄らいでいくだろう。すでに、父のことも6年前のように思い出すことはなくなっている。かなり昔に亡くなった自分の母親が一緒に住む家へ帰りたいと言うときもある。新しい記憶から失っていくのだから、いまは、子供の時母親と住んでいた家の記憶まで遡っているのかもしれない。

反面教師として、母の姿が語っていることは、自分が思っていることを伝えること、やりたいと思っていることをさっさと実行すること。限りある人生の時間は、思っているほど長くないのだ。たとえ行動したことが失敗しても、成功しても関係ない。自分の中で、やりきったと思える人生を生きることが重要なのだ。

第7章　レビー小体型認知症の症状は発達特性にも影響される

大吉の場合は、母とは少し違っている。レビー小体型の認知症は、レビー小体というタンパク質だけによるものではない。映子は、様々な情報を集めるうちに、多分、これだという確信を持っていた。それには、大吉の人生そのものを追いかけていく必要があった。

今まで、本人から聞いていることなどを総合すると、大吉は、注意欠陥多動症（ADHD）、自閉症スペクトラムの特性を持っていたと思えるのだ。発達障害と呼ばれていたこれらは、今では、「生まれ持った発達上の特性、個性」と表現されるようになっている。

これらの特性を持つ人は、自分の興味のあることならば人より抜きん出て素晴らしい成果を上げることができる。自分のやりたいことと、仕事が同じであれば、社会で成功することもできる能力を持っている。大吉は自分が生きていく上で、一番良い居場所を見つけることができたのだった。だからこそ、自分の興味のある分野で、一日置かれる活動ができたのだ。それは、やりたいことで稼げる楽しい人生だった。

そして他人に対しては過剰に親切だった。その親切の幾許か家族に向けてほしかった。他人に良い人間として認められるために大吉は非常な気遣いをするのだった。だから、大抵の関係者や友人には、好意的に捉えられている。

しかし、彼には苦手な分野があった。それが会計の仕事であった。

キャンプ場の管理は、繁忙期を除けば、すべてを一人でやりくりしなければならない。利用者の世話、掃除や片づけ、報告書の作成、会計である。会計については最も苦手な分野ではなかったろうか。繁忙期には、学生のアルバイトが数人手伝いにやってくる。彼らをときには食事につれていき、支払いを大吉がしていた。このお金はどこから出たのか。気前よく奢るのは、大吉にとって愉快なことであったろう。しかし、後の出来事を知っているので、公の財布と自腹を混同していたのではないかとつい考えてしまう。

毎月、会計報告を出す。会社から振り込まれた経費と収入とを計算して、余ったお金を会社に戻す。映子にはデパートで働いた経験があり、このお金の締めの作業は、非常にシビアに行われることを知っていた。1円の狂いなく毎日きっちり合わせておかないと、まず家に帰れない。ところが大吉には、そういう経済観念はなかった。その場その場を楽しく過ごし、うまくごまかすことが、なんの呵責もなくできる人間だったのだ。

　ある年、大吉は、キャンプ場から東京の本社に戻ることになった。後任の管理者に引き渡すためにきっちり会計を締めなければならない。ところが、

「会社から200万借りることにした」と大吉がいった。

「200万も何に使うの？　予定はないはずだけれど」

「会社の金が合わない。毎月同じ額の経費が振り込まれて、キャンプ場の収入と経費を計算して残ったお金を会社に送金するんだが。毎月、金額が合わなかった。それで、今回締めてみたら200万足りなかった」

　映子は、あいた口が塞がらなかった。会計は、普通その月で完璧に締めていればこんなことは起こらないし、起こしてはならない。もし合わない月があれば、その都度会社に報告しなければならない。何もせず帳尻合わせで、ごまかした結果の200万だった。会計が合わないときに、なぜ合わないのか真剣に原因を探っていれば、こんな結果にはなり得ない
　しかし、金額がこれでは、今更会社に話すわけにも行かないだろう。仕方なく、会社に借りて、給料から引いてもらうローン返済が始まった。

　大吉には、自分の興味のないことはとことんやる気がなく、ごまかしても平気で、社会の常識を鼻で笑うところがあった。この社会性のなさ、コミュニケーションの取

りにくさ、相手の気持ちが読めない、感情を共有できない、限られたものにしか強い執着を示さない、この特性は、自閉症スペクトラムのものではなかろうか。

　この苦い経験から、映子は、通帳を自分が管理することに決めた。それまでは、大吉がいくら給料をもらっているのかさえ知らなかったのだ。大吉は、月々これでやってくれと、お金を渡すから、それでなんとかやりくりしていたのである。後で考えれば、結構な額を自分の交遊費と会計の帳尻とに使っていたようであった。後々、

「最初から映子に管理してもらっていたら、もっと貯まったよなあ」

　などとのんきなことを言っていたから、呆れる。

　そして、もっと呆れることが起こった。

　東京へ転勤になって5年。キャンプ場の管理人が退職することになり、念願かなって大吉が戻ることになった。大吉と映子は、管理人室にまた引っ越すことになった。結局、それから7年でキャンプ場自体が閉鎖される事になったが、ここでまた同じ問題が起こってしまったのだ。今度は、期間が短かったせいか、金額は30万だった。

　流石に、今度は、会社に金を借りる事はできない。退職するのだから。退職金が出るので、そこから払えない額ではなかった。しかし、一度同じことをしているのに、何故繰り返すのか。なにかが間違っているのではないか？

「前に、２００万も会社から借りて穴埋めしたわよね。どうして、また、同じことが

起こるの？　なにか、会計のやり方が間違っているのではないの？」

「会社からお金を借りたことなんてあったか？　俺は知らない」

「何を言っているの。あなたが、会社から借りて、毎月ローンでお給料から引かれていたのよ。やりくりが大変だったわ。それなのに、また会計が合わないなんて。なにかが間違っているのよ」

　自分の失敗は、忘れて、無かった事になっているのだろうか？　映子は、大吉という人間がわからなくなってしまった。余りにも杜撰だ。だから、すぐに30万渡す気になれなかった。もう一度計算し直してみて、と言った。一緒に見直しを手伝うからとも言った。しかし大吉が会計帳簿を見せることはなかった。会計帳簿すらなかったのだろうか？

　大吉は、それからしばらくお金の話をしてこなかったが、３ヶ月経った頃、どうしても必要だと、また、言い出した。もう、仕方ないので30万渡したが、何故、こうなったのか原因はわからなかった。

　また、大吉は、休日になるとたんにどこかへ出かけたがった。前の日からどこへ出かけるのか準備をするということはほとんど無く、当日も10時過ぎになって突然どこかへ行こうと言い出す。目的もなにもない。衝動である。そして、出かける先の選択肢は、三つぐらいしか無い。いつも行くショッピングモール。いつも行くアウトレット。映画は、流石に時間が間に合わないことのほうが多かった。田舎のこと、映画館までは片道2時間弱かかった。そして、衝動的に買い物をする。そして、困ったことに、大吉はブランド物や、結構値の張るものが好きだった。

映子は、せっかく出かけるのだから、新しいお店を見つけたり、今まで行ったことのないところを開発したりしたかったが、大吉は、新しい場所には、あまり興味はなかった。新しい場所に行くときは、駐車場がどこにあるか、ちゃんとたどり着けるか、それはもううるさくて、映子にナビゲーターをしろと、何度も言うのだった。その剣幕に閉口して、結局本人がやりたいようにさせたほうが、自分も楽、ということに落ち着いた。

この衝動的なところは、食べ物にも発揮された。ある時、知り合いが生牡蠣をたくさん送ってきた。食べすぎるのは、良くないと言っている間もあらばこそである。結果、あとでお腹を壊してしまった。ちまきを作ったときも、美味しいとなると止まらない。そして、また寝込む羽目になる。普段は、健康診断に必ず行くほど、自分の身体を気にしているにも関わらず、衝動を止める事ができないのはどういうことかと映子は首を傾げた。子供の頃は、教室で、先生の揚げ足とって騒いでいたらしい。そのことをさも自慢気に話す様子に、全く成長していない子供なのだと思った。厄介な生徒だったろう。

今ならよく分かる。興味のあることだと集中しすぎて切り替えができない、時間の管理、作業を順序立てるのが苦手、目的のない動き、衝動買い、忘れ物無くしものが多いなどなど、注意欠陥多動症（ＡＤＨＤ）気味なのは明らかだ。

他にも、不可解な言動があった。

いつ頃か忘れたが、10年以上は前のことだ。突然、映子が行ったこともない土地に、大吉と一緒に行ったと言い張るのである。見たことのない映画に一緒に行ったとも言い張った。そして、物忘れがひどいとなじるのだ。しかし、知らない土地のことは知らないし、見たことのない映画など内容も知らない。映子は、映画が大好きだから、見たことがあるものならば、俳優や監督の名前や、それがどんな内容かも忘れることはない。だから、知らないということは、見ていないということだ。忘れているのではなく、そんな事実は存在しないのだ。

何故、大吉はそんな事を言うのだろう？　映子がその時無理やり出した答えは、元カノと行ったのかしらということだった。そう思うしか、この不思議な言動を説明することはできなかった。今なら答えはすぐ出る。この時すでに妄想は始まっていた、ということだ。

第8章　夜はせん妄の花咲く悪夢の時間

映子の読んだ本の中でとても興味深かったのは、オリヴァー・サックスの『幻覚の脳科学』だ。オリヴァー・サックスは脳神経科医で、『レナードの朝』という映画の原作者でもある。『レナードの朝』は、重いパーキンソン症候群であり脳炎後遺症患者の病棟で、長年硬直し動くことのできなかった患者たちが、ある薬（Lドーパというから、ドーパミンを増やす薬なのだろうか）の開発によって、目覚め、動き、しゃべることができるようになるのだが、薬は永遠に効くわけではなく、彼らはまた、硬直の症状に戻っていくというような映画だった。主演は、ロバート・デ・ニーロとロビン・ウイリアムズ。なんだか悲しい映画だった記憶がある。あの頃は、パーキンソン病は遠い存在だった。今は、直ぐ側にその危険が迫っている。こんな未来を想像することもできなかったし、できれば回避したかった。

『幻覚の脳科学』は、帯にあるように「幻覚百科とでも評したくなる本」で、様々な要因で、人は様々な幻覚を見るという、その臨床の集大成だった。認知症に限らず、脳に何らかの病変や損傷があることで、人は、いともたやすく現実から離れてしまうのだ。こんな一節がある。「パーキンソン病、脳炎後遺症のパーキンソン症候群、そしてレビー小体病では、脳幹と関連組織に損傷がある。ただしその損傷は脳卒中の場合のように突然ではなく、だんだんに生じる。」

つまりそういうことだったのだ。何十年も前から、何らかの原因で、あるいは生まれ持った性格特性のせいなのか、脳の組織に損傷があって、それが徐々に病変として、幻覚や妄想を生むようになったのだ。

本の中には、大吉と同じ幻覚を見ていた症例もあった。「複製妄想」という。その老人は、昼間は、自分の入っている老人ホームを認識しているのだが、毎晩「ホームの巧妙な複製」に自分が移されているように感じたそうだ。大吉も、自分の家を、全くそっくりに精巧に作られた複製だと言うことがある。だから、本当の家に帰りたいと言うのだ。そう言い張るのは、たいてい夜中だ。懐中電灯を握りしめ、

「ついてくればわかる。入口があるんだ」

と言って、映子の手首を掴み外へ引っ張っていく。二人は真っ暗な家の周りをぐるっと一周する。家とそっくりな別の建物の入り口など無いのだけれど、暗くなると周りが見えなくなるので、妄想の世界を投影しやすくなるのかもしれない。そして、どんな陰謀によってこのような精巧な2軒の同じ家を作ったのか、自分を陥れようとする奴らがいると言い続けるのだ。

そんな複製妄想にとらわれていたので、夜中、自分のバッグを提げて本当の家に向かったらしい。というのは、流石に夜中のことで、映子が寝ていたときの出来事だからだ。バッグは行方不明になった。家の中は、数回探したが出てこない。屋外に放置してきたのだと思うしか無かった。バッグの中には、ケータイ電話、免許を返納した身分証明書、お財布に3000円くらいの現金が入っていた。何より困ったのは、ケータイ電話に、知り合いの情報すべてが入っていたのだ。電話番号など手帳に書き写したものは恐ろしく古いものしか無かった。大吉は、手帳も日記もつけない。以前から、手帳にメモするように言っていたのだが、皆目やる気はなかった。3ヶ月待ったが、どこからも出てくる気配はない。知り合いから電話が来ることが無くなったのが、やはり寂しいようだったので

「電話なくしたこと、こちらからお伝えしないと、連絡の取りようがないわよ」

「電話番号は、ケータイの中だ」

「本当に連絡先のメモはないの？」

「無い」

映子は、もし葬式となった時、誰にも連絡できないのでは困ると思い、年賀状を探った。大吉は、自分のものにさわるなと言って怒るので、大吉がデイサービスに出かけた時、引き出しを順番に探していった。そこで大吉が姉に宛てた手紙を見つけた。

手紙も、電話も自分からはしない大吉だった。

その手紙は、30万円の借用書だった。映子が、お金を渡さなかった3ヶ月、おとなしくしていたのは、姉からお金を借りて会社に払ったからだったのだ。そして、姉から返済を迫られたので、映子にしつこく金を出すように言い始めたのだ。大吉の姉は、30万は何に使うと聞いたのだろう。大吉は、妻が、お金を出してくれないので、苦境に陥っていると説明したのだろうか？　それとも自分が会計をうまくまとめることができなくて損失を出したと言ったのだろうか？

手紙の文字は、歪んで、震えていた。以前の大吉の筆跡の勢いは無かった。

年賀状に、電話番号があるものは、最近少ない。よく電話してきた人の名前を探したが、そういう人は逆に、年賀状を出さない。メールや、年賀電話を良しとするのだ。映子が知っていて、年賀電話をしてくる人と繋がる人を一人だけ見つけた。以前、一度だけ大吉とその人と、年賀電話の人と四人でランチをしたことがあったのだ。電話をしてみると、映子のことを覚えていてくれた。そして、首尾よく、年賀電話の人の電話番号を教えてもらうことができた。大吉より年上の人だが、まだ元気でいてくれるように祈りながら電話をかけた。

大吉に、年賀電話の人の電話番号がわかったことを伝え、こちらから掛けてみたらと水を向ける。何故か、自分からは電話を掛けないのだ。仕方ないので、映子が掛けた。

「近いうちに、遊びに来るって」

「そうか、元気にしているんだな」

なんとなく嬉しそうだった。

もし、以前、キャンプ場に知り合いが訊ねてくるように、今も家にも来るなら、認知症はこんな形で進行しなかったのだろうか?

いやいや、キャンプ場でもすでに、無くしものは多かったし、出かけるときは、何度も何度も確かめるので、ものすごく時間が掛かっていた。すでに症状は進行していたのだ。認知症は30年以上も前から準備されていたのだ。

第９章　もう一人のレビー小体型認知症者

　ふと、石台さんは、家族会のあとどうしているだろうと気になり、電話をしてみることにした。レビー小体型認知症の先達である。何か参考になることが聞けるのではないだろうか。電話で、１週間後の10時に、石台さんの家に伺うことになった。大吉は、デイサービスの日なので、気軽に出かけられる。

　石台家は、映子の家より標高の高い別荘地にあった。インターホンのところには、「介護中です。静かにノックしてください」という札が下げてある。階段の上には、車椅子やベッドの移動のための、スロープに使う板がよせかけてある。玄関からすでに介護の家という、一種独特な雰囲気があった。

「こんにちは」

「よくいらしたわ。片付いていませんけど、どうぞお入りになって」

　洋風の別荘らしい部屋の中は、午前中の日差しが燦々と入るリビングダイニングになっていた。本や書類、ノートやファイルが雑然と積み上がっているのは、介護書類や調べ物など必要なものを手に取りやすい場所に集めた結果だろう。映子の机周りもこれに近い。介護関係の書類は、何でもかんでもまず契約書、その他いろいろ捨てられない紙類が増えてしまうように制度が出来上がっている。

「今日は、主人が入院しているの、誰もいないからゆっくりお話できるわ」

そう言いながら、入れてくれたコーヒーは、ものすごく甘く濃いので、普段砂糖を入れないコーヒーを飲んでいる映子には、ちょっとつらい飲み物になっていた。

ご主人の介護8年、施設に入所を決めたのは、ご自分が体を壊して入院する事態になったからのようで、

「病室に、主人も一緒に寝られるようにお願いしたのよ。一人で家に居ることは出来ないもの。主人も、他の人に見てもらうより、私といたほうが良いっていうので」

それじゃ、病気療養としては休まらないじゃないかと思うのだが、石台夫婦は、とても仲が良かったのかもしれないと思い直す。映子のように、離婚しそびれた関係とは違うようだ。

石台さんのご主人は、3ヶ月前に介護施設に入り、奥さんは定期的にお見舞いに行っていたそうだ。ほとんど寝たきり状態だったそうだが、幻視があるので、夜なにか怖いものを見て暴れ、ベッドから落ち、大腿骨折してしまった。入院している間に、ますます症状は進んだのか、退院して家に帰ってきたときには、それまでとは別人になってしまったそうだ。

「退院してから、あの介護施設に戻す事はできない。ベッドから落ちたのは、これで4回目だったのに、なにか対策をとってくれたのか聞いたけれど。ベッドの下にマットを敷いたとか言って、骨折するようじゃ対策にはならないでしょう。ずっと病院にいさせることは出来ないけれど、入所できる施設もないので、2週間入院して、家に帰って、また病院に2週間を繰り返しているところよ」

その介護施設のその夜の担当は、アルバイトが一人でいたらしく、ベッドから落ちて痛がっているご主人をそのままに、朝になってやっと救急車を呼んだという。朝になってやってきた介護担当者は、ご主人に、

「痛い痛いって言うんじゃないの。あなたが落ちたからこうなったんでしょう」

といたわる気配も感じられない。知らせを受けて飛んできた石台さんは、その様子を見てショックだったと言った。それから、ご主人が入院中に、その施設との話し合いや、病院の手配やら、何もかも一人でやらなければならなかったという。

「施設の側からは、四人も来ていて、こちら側は私一人。地域支援課にも連絡したけれど、誰も付き添ってもくれなかった。施設に入所するとね、ケアマネさんもいなくなるのよ。

こんな事故が起こっても、手助けしてくれる人は誰もいないのよ」

映子は、大変を通り越して、怖くなった。これから、最後までレビー小体型認知症

と付きあうと、パーキンソン症状が出て動けなくなるか、転ぶかなにかして骨折し寝たきりになるか、どちらかの未来が、ほぼ間違いなくやって来る。施設に入り最後まで看取って貰えればいいが、それには、結構な金額がかかるのだ。

「私達は、夫婦二人の年金生活で、施設に月15万も払っていたんだけれど、同じ施設に、4万で入っていた人がいてね。その人の年金は少額なんだけれど、大きなお家と農地もあって、家族もいるお家で、暮らしていくのに苦労はなかったようよ。私達には、年金しか無いからすごく大変なのに。だから、家を売りに出したりしていたんだけれど」

それは映子も抱えている悩みだった。もちろん、大吉の年金をすべて本人だけで使うのであれば、施設にも入れる。しかし、そうしたら、映子の生活費も、税金も全て払えなくなるような年金生活であった。在宅で、どこまで介護生活を続けていかれるのか。もうだめだとなったら、二人で心中でもするしか無いのかもしれないと、時々考える。たとえ貯金があったとしても、長生きしてしまえば、払いきれない状況になるかもしれない。そうなったら、寝たきりの老人が路上に放り出されることになるのだろうか？

「売れたんですか？　でも引っ越し先は？」

「売りに出したことを忘れていて。いろいろ大変なことがあったでしょう。不動産屋から電話で、見学に来たいと言われてびっくりしたわ。何人か見に来たのよ。コロナで、こちらの方にお家を探している人が結構いるらしいの。東京にも近いのでね」

結局、家を売るのは止めて、これからは息子さんが、力を貸してくれる事になったのだそうだ。なんとか見通が立って本当に良かった。

石台さんが、入れてくれた緑茶は、ものすごく濃かった。大吉は嗅覚が効かないが、石台さんは味覚が麻痺しているのかもしれない。介護疲れは、少し入院したくらいで回復できるようなものではないと、映子は思った。

第10章　せん妄状態はレベルアップし、ついに精神科へ

明るい話は、何一つ得られなかった。楽しく生きてぽっくり逝きたいところだが、現実は違う。ドロドロの心理戦で心と体をすり減らしながら、ゼロ地点まで這いずっていく。神様、どれほど耐えれば許されるのですか？　私のミッションは、忍耐を学ぶことなのですか？　病名ががんであったなら、まだ耐えやすいかもしれないとさえ思う。余命宣告で、ゴールが見える。認知症の介護は、ゴールが全く見えない。いつまで耐えればいいですか？　いつまで、この妄想と幻覚に付き合わなければいけないのですか？

抑肝散だけは続けてきたものの、幻視・妄想は良くならないので、薬をすべてやめたいと医者に言った。医者は、

「では、もう僕のすることはありませんね」

と言ってパソコンを閉じた。

介護サービスを受けるには、主治医が必要だし、困ったときの相談を受け付けるだけでも話を聞いてもらえたらと思っていたのだが、様子を見ましょうとも言ってもら

ろうと促す。何を言ってもエスカレートするばかりだ。ついに、大吉は、自分の言っていることを信用しないのかと、映子を殴った。

薬のせいだと分かっているが、映子は、パニック状態に陥った。世界は真っ白になり、地面は、なんの抵抗もない。歩いている感じがしない。

「もうダメだ、もうダメだ、もうダメだ、もうやっていけない」と繰り返しながら、病院の電話番号を探した。8時を過ぎていたので、病院にはつながるはずだ。電話の様子から、緊急を察知した係の人が、先生につないでくれた。その日、病院に行くことになった。

医師は、入院を勧めた。

「どんな薬が合うかを試すための入院です。うちは精神科ですから、病棟は個室で鍵がかかり、病棟事態も施錠する、閉鎖病棟です。薬の影響は、監視カメラで24時間見られるようになっています」

入院すれば、映子の精神的負担はなくなる。しかし、閉鎖病棟の個室に、少なくとも3ヶ月は入ることになる大吉の心情を哀れに思う。洞窟や閉鎖された場所が嫌いな大吉にとって、かなり負担になりそうな環境だ。費用も心配だった。

「薬をやめて、様子を見ます。どうしても耐えられなくなったら、よろしくおねがいします」

と言って、その場は、連れて帰ることにした。医師は、夜間の徘徊で寝られないときのために、睡眠薬を出してくれた。どんな薬でも、幻視・妄想がひどくなるので、この睡眠薬を使うことはなかったが。

毎日のように、いろいろな幻視・妄想と付き合っていくうちに、映子は、胃が痛くなり、食欲もなくなった。しかし、映子が食事を取ろうと取るまいと、大吉は全く無関心だ。朝になると、誰かが迎えに来て、出かけるのだと騒ぎ、結局誰も来ないとなると、自分が置いてきぼりにされたと怒る。物を投げたりする乱暴な行為も出てきた。大吉の様子が怖くて、朝食もとれない。騒ぎが収まるまで隠れているしか無い。夜間は、2時間おきには起き出して、家中の電気をつけ、玄関を開ける。利用者が来るからだそうだが、うちは、一般家庭であってキャンプ場ではないと言っても通じない。映子は、つけた電気を消して、また寝るが、結局朝見ると、またつけてあるのだ。トイレと間違えて、戸棚に放尿して、これは結露だと主張した。夜もおちおち眠れない日が続く。

何度も何度もせん妄状態が繰り返されると、慣れるどころか映子のパニック状態はかえってひどくなってしまった。何度も殴られれば、しまいに骨が折れてしまうように、心も折れてしまうのだ。

その夜、大吉の言った一言が、映子の心をパニックに陥れた。

いつものように。大吉は、映子のことが誰だかわからなくなっていたようだが、お風呂場の水栓が壊れていると主張し始めた。緩んでいて、水が漏れていると。だから工事の人を呼べと言い出した。いくら相手の言うことを肯定しろと言われても、壊れてもいない水栓に人を呼びつけるわけにも行かない。しかも夜だ。だから、水栓は、大丈夫だし今の気温なら凍結の心配はいらないと説明した。

「なんと巧妙だ。口がうまいが誰に習ったんだ。ずる賢いやつだ。こちらの言うことを、曲げて本当らしく丸め込む。まったく、悪い、詐欺師のようなやつだな。とにかく、工事人を呼ぶんだ」

　大吉は、相手を見下し、尊大でねちっこく、映子を悪者だと決めつける言葉をいつまでも言い続ける。狡猾な言い回しをして人を傷つけるのが得意なのだ。聞き流そうと思って我慢し続けていたが、限界が来てしまった。

「あなたのためにどれだけのことをしてきたか、一緒に過ごしていながら少しも解らないのか！　どれだけやっても、あなたには届かないのか！」

　絶望と、悔しさと夫の共感性の無さに歯噛みして、怒りとなって一旦せきを切った感情は、出尽くすまで出すしか無かった。ただひたすら、叫びのたうち回り床を叩き、これ以上出ないくらいの大声で叫び続けた。叫びながら心の底で、これは狂気だ、私は壊れたと、わかっている。涙は殆ど出なかった。涙の段階は過ぎ去っていたのだ。

流石に共感性のない大吉も今まで見たことのない映子の姿にうろたえたのだろう。

「警察が来るぞ」

「近所に聞こえたぞ」

などと、小さな声で言う。

「警察呼べよ、呼べ、よべ、よべ、よべ、よべ」

この家にいるより、刑務所のほうがマシだ。介護しなくてすむ。三度のご飯も出る。塀と格子に守られて、夜は安心して眠ることができる。ここに居るよりずっと楽ができるだろう。

だが、どういう罪で警察は来るのか？　大声罪ってあるのだろうか。田舎の家は、お互いに離れているので、映子がどれほど大声で叫んでも、多分聞こえていないだろう。それが、良いことなのかどうなのか。どちらにしても、映子には、どうでも良いことであった。大吉が認知症であることを隠してもいないし、本人は気づいていないかもしれないが、言動はおかしいので、会話にならないことが多いから、すでに気づかれていると思っている。知らないのは、本人ばかりである。

数日前に、祖母を介護していた若い女性が、5ヶ月間一人で介護と仕事を両立させようと頑張ったが、祖母の罵倒に耐えかねて殺してしまったという、痛ましい事件があった。睡眠不足で、休む暇もない5ヶ月で、女性の心は壊れた。映子の心もまた、介護で壊れてしまい、瓦礫の上に更に瓦礫を積み重ねると言った毎日を送っている。もし、大吉の体力がもっと弱っていたら、映子は大吉を殺していただろうか？
映子は、それより自分が死ぬことを選ぶだろうとわかっていた。雪山の誘惑をいつも感じていた。自殺で最も痛みの少ない方法。しかし、後始末のことを考えると、申し訳なくて、実行には躊躇してしまう。しかし、そんな事も考えられなくなる時が来るかもしれない。

過呼吸になり、叫びはやっと止まった。
立っていることも出来ない状態だから、床にべったりと座っていた。
映子は、胸の中に大きな空洞を感じた。
空っぽの穴が空いている。
映子は、自分のなかの何かが失われたことを知った。それが何かは、分からない。
でも空っぽの空間は、温度がない、質量も無い、「無」だという事は分かった。

第11章　デイサービスとショートステイとグルテンフリー

通っているデイサービスは、小規模で家庭的なところで、新しく始める場所にどうぞと誘われて行き始めた。週3回、9時から3時までなので、ちょっと短い。しかし、本人が嫌がらずに行ってくれるので大いに助かっている。ケアマネージャーは、ショートステイも取り入れて、映子に休む時間を作るよう提案してくれた。

初めてのショートステイは2泊3日、大吉がいないと思うと不思議な感じがした。夜、緊張しながら寝なくて済むのは、4年ぶりだった。現実感がなく、ふわふわして何をする気にもなれなかった。ショートステイの間、ゆっくり休んでくださいねとケアマネは言ってくれたが、どう休めば、折れた心を修復できるだろうかと思った。

映画を見に行く、髪を切る、自分のものを買いに行く、どれも行きたいようで行く気になれないのは、やはり、心が折れてしまって、胸に空洞があるからだと思う。以前楽しかったことは、今、楽しいとは思えなくなっていた。とにかく寝よう。安眠するのが一番だ、と映子は思った。それから、庭の仕事をするのだ。土に触れていると、優しさが伝わってくるような気がした。大地を母と表現するけれど、それは本当だ。

ガーデニングは人生を豊かにする。それも本当だと思った。

医者や治療法を探している時、病院ではないが、認知症の改善プログラムを提供している会社があった。そこの動画を見るうちに、1回行って見ようと東京のハズレまでドライブした。そこで働く若い人は、大吉の問診をしてから整体に入った。腎臓、膵臓、硬いですねと言い、これはなかなかほぐすのは時間がかかるかもと言った。この会社の動画では、レビー小体というタンパク質が作られるのは、腸である。便秘がちの腸内環境がレビー小体を生む原因になる。腸を元気に保つようにしなくてはならない。その為有効な方法が、グルテンフリーという食生活であると語る。

大吉の便秘は、折り紙付きである。10年くらい前だったか、突然、便が出ないと騒ぎ出し、1日中出そうとトイレに籠った事があった。あっけにとられるぐらい突然の出来事だった。下剤はないか、買いに行けとトイレの中から命令し、午後になると、医者に行くと言いだした。医者で、便を掻き出してもらうのか？　どこへ行けば良いのだろう？　泌尿器科を探して、連れて行った。ものすごく時間がかかって、大吉一人に何人もの看護師が取り巻いているのが薄っすらと見えたが、一体何がどうしたのか、待合室で長い間待たされた。その結果すら、誰も説明してくれなかったので、あれはどういうことだったのか未だによくわからない。とにかく、便秘気味なのは、明らかだ。

薬に頼れない今、グルテンフリーで解決できるなら挑戦してみよう。人は、食べたもので作られる。ヴィーガンのすすめなどはよく目にするようになったが、日本でグルテンフリーはまだまだ認知度は低い。本を読んでみると、グルテンフリーとは、小麦グルテンを抜くことであった。そして、小麦グルテンを抜くときには、乳製品も抜いてみると体質改善にはとても良いということだった。

小麦グルテンを抜くということは、映子が好きでよく食べていたものが、ほとんどすべてNGとなる。パン、パイ、たこ焼き、お好み焼き、うどん、ラーメン、パスタ、ピザ、まんじゅう、クッキー、ケーキ、生麩、ちくわぶ、餃子の皮、春巻の皮などなど。見渡す限り小麦グルテンが使われている。ほとんどの外食がだめだ。つくづく、小麦グルテンで出来ているものが好きだったことを痛感した。乳製品は、もともと牛乳が苦手だったこともあって、それほどでもないが、チーズは絶ち難い。これくらいは見逃してもらおう。

しかし、始めてみると、さほど小麦グルテン製品を食べなくても、やっていけることが分かった。苦痛なのは、スーパーでの買い物である。さあどうぞと並ぶパンやお菓子。お惣菜。餃子や肉まんなど冷凍食品は手軽な食事に活用していたものだったから、ショーケースを見る度、残念な気持ちになる。だが、日本人は、米があるからグルテンフリー向きだともいえる。パン食文化の人たちのグルテンフリーはさぞ大変だろう。主食が無くなるのだから。日本人は、何があっても米さえあれば生きていけるのだ。

食に対するストレスは、思ったほどではなく、6ヶ月が過ぎた。大吉の幻視・妄想は、相変わらずだが、便秘が少し解消したようだった。本来の目的ではなかったが、映子にとってはダイエットにつながり、胃腸の調子もとても良くなった。怪我の功名というべきか、映子にとって、グルテンと乳製品は無いほうが体調は良いということが分かった。始めたら、3年は続けた方が良いという。幻視・妄想に効果が出てくれると良いのだが。

人間が老いる、自然な形で老いていく、その流れの中で、認知症もまた老化の流れとして捉えられたら見方が変わるだろうか。病気＝薬での治療、と刷り込まれているから人々は病院に駆け込む。でも、西洋医学は、症状に対して薬を出して対応するしか手がないので、痛いなら痛み止め、かゆいのならかゆみ止めを処方してくれるだけ。薬剤過敏のレビー小体型認知症にとって、どんな薬もせん妄を誘発する。今の医療で効く薬など無い。食事を見直すことのほうが、遥かに身体にとって有益なのではないかと映子は思う。

映子は、今までの食生活で足りなかったもの、海藻類を増やし、砂糖と油のとりすぎに注意した。油も、酸化しにくいもの、オリーブオイルやオメガ3がふくまれるというアマニ油を積極的に使い、マーガリンは止めた。野菜とタンパク質、水分を1日1リットルは飲むようにして、内臓に溜まった薬や添加物などの毒を洗い流す。時間はかかるが、少しでも、嫌な思いをしなくても済むようにと、寝る時間も割いて必死の思いで勉強し、工夫をする。

その間も、大吉の幻視・妄想は、勝手にいろんな物語を作り出し、映子の行く手を阻むのだった。繰り返されるスイッチの点灯消灯。パチパチパチパチ……苛立つ音が1日中続く。台所の食器がいつの間にか鍋と一緒になっていたり、テーブルの上に置いたものが無くなって大吉の机から出てきたり、いちいち言いたくはないが、度重なればついきつい口調になる。本人は、自分がやったことを忘れているので、誰かが隠すのだと言って、映子が不当に自分を責めると怒り始める。映子自身も壊れてしまっているので、怒りを隠すことはしない。もう、空気がギザギザでも構わないのだ。

第12章　介護する人の人権

そんな日々に疲れ果てている時、加入している生協の機関紙の特集が目に留まった。

「社会は介護をどう支えられるのか『介護する人』への支援」

映子が欲しているのは、まさにこれだ。病院に行けば、大吉には色々尋ねる医師も、映子には、何も聞かない。症状や生活については本人が回答できないので、映子に尋ねるが、映子はどうなのか、体調も精神状態も聞かれない。認知症の患者と介護者は、普通の病気の患者とその家族とは違う。すべての時間を使って、睡眠時間まで犠牲にしてお世話しなければ、暮らしていけない二人三脚の状態なのである。意識がはっきりしていて、自分のことを自分で考えられる患者との生活とは全く違うのだ。映子は、病院に行くたびに、疎外感を覚えていた。それは、介護する人の人権、生存権が侵害されているにも関わらず、誰も介護者を助けることなど気にもとめない制度そのものの、不条理についてだった事に気がついた。

　要介護になれば、デイケアやショートステイなどで本人はケアされるが、介護者は、その時間休む暇など無い。いない間に、出来なかった家事、会計や手続き、必要な買い物もしなければならない。しかもサービスを受ければ、支払いが嵩む。どこをどう切り詰めれば、介護サービスを増やせるのか。会計と自分の体力との微妙な駆け引きが続く。お金が足りないなら生涯働けと国は言うが、介護者となれば、それは不可能だ。仕事と介護が両立できず殺人に至った事件も、もうどうしようもないと一家心中した事件も、介護者の自殺も、報道されないたくさんの悲劇が起こっている。

他人事ではない。映子もまた、いつどうなってもおかしくないと思い続けている。税金と、介護費用を払ったら、家で食事もできない日が来るのではないか。映子の心も、何か壊れてしまっているので、これ以上幻視・妄想がひどくなっていって、自分が怒りを通り越して絶望してしまったら、何をするかわからないと感じている。雪山ならどこが良いだろうと、時々頭をよぎるのだ。身体にぽっかり開いた空洞は、「希望」と「自尊心」が吹き飛んだあとなのかもしれない。

ブッダの言う悟りの境地になれば、何事にも心動かされず、どんなことが起ころうと心は平安を保つという。悟りの境地とは、平安とは、ただただ幸せな喜ばしい境地だそうだ。今こそ悟りたいと映子は思う。瞑想を続けたら、いつかそんな境地に成れるだろうか。見えないものを見る、ありえない状況を信じこむ、自分のすることを覚えていられない、そんなギザギザで不快な波動を撒き散らして生きる人と一緒にいても、それを平安の境地で過ごすことができるようになったら、介護自殺なんて無くなるだろう。高僧は数多いれど悟った方はどのくらい居られるのか。

自分が追い詰められると、心のなかで神様に助けを求めたりするくせに、特定の宗教を持たない映子だった。大吉も特定の宗派に属してはいないが、幻視・妄想の中に神がかったことも無いので、きっと神に祈ることすらないのではないだろうか。人間死んだら終わり思想の持ち主である。映子は、輪廻転生を信じているので、煮えきらず自殺も出来ないのは、そのせいもある。心の奥で、自殺はしないほうがいい、と信じている自分がいるのだ。

自分が思うほど、自分は強くない。何らかのきっかけで落ちていくときはあっという間だろうと思っている。でも、その時はその時だ。いつ死んでも映子に悔いはない。なにせ、胸に大きな空洞があるのだ。もう、十分だ。

完全に薬を抜いて、グルテンフリーにしてから4ヶ月。幻視・妄想はあるものの、せん妄は少しトーンダウンしている。暴力に至ることはなくなった。家にいるとにかく座って何もしないので、家族会で紹介していただいた、ピンポンの会にも参加する。とにかく動くことを日々目指して、散歩も欠かさないようにしている。どの認知症の本にも書かれていない「薬を完全に抜いたレビー小体型認知症」が、これからどう進行していくのか、全く未知の道程をこれから歩いていくのだ。何が起こるか。現実はいつも想像を裏切り、予測もできない未来を見せる。

幻視・妄想のある人を扱える介護施設は、なかなかない。二度目のショートステイも、なんとかこなせたのだから、今の施設はこれからも利用できる見通しが出来た。介護施設と支払えるお金のシーソーゲームはまだまだ続いていく。

ショートステイから帰ってきた次の日の朝ごはん。

グルテンフリーの食パンの薄切りトースト、目玉焼き、トマト、レタス、豆乳ヨーグルトとバナナにシナモンを掛けたもの、ミルクティー。バッチフラワー・レメディーとビタミン剤Ｂ12。

大吉は、ひとくち食べて、

「ああ、懐かしいなあ。懐かしいというのも変だけれど、この朝飯が食べたかったんだ」

と言った。映子は、たった2泊3日なのに、と思う。

今は、正気なんだろうか？

冬の朝日が、食卓に弱い光を添えている。

初めてのショートステイの様子は、施設からの連絡シートに書かれている。大抵は、テレビを見て過ごしていたようだが、荷物を持ち歩いたり、おやつ用のフォークで、人を刺そうとしたり、職員を転ばせようとしたりもしていたようだ。帰宅させないのは、職員が悪いとでも思ったのだろうか。

ショートステイや、デイケアを使えるのはありがたいが、費用はばかにならない。介護費用は複雑な計算をする。要介護認定と本人の収入金額で、利用金額が変わる。同じ要介護認定の数字が大きくなるほど高くなり、本人の収入が多いほど高くなる。同じ介護サービスを受けるのに、最低ラインならば、400円なのに、一般ランクだと1000円になったりする。大吉と映子が同じ介護サービスを受けるとすると、大吉は、一家の生活費をすべて収入に換算するので、高額収入になってしまい、1回1000円以上出さなければならない。片や映子は、サラリーマンの奥さん年金で年金額が少ないので400円で受けられるという具合だ。同じ世帯なのに、この違い。大吉を施設に入れたら、映子の食費はおろか税金も納められなくなりそうである。大吉を施設に入れたら、野垂れ死ぬしか道はなさそうである。認知症になったのが映子なら、映子が施設に入っても、大吉は、余裕で食べていける。なにか、おかしくないかこの計算。その施設、通称特養、「特別養護老人ホーム」は、待ち人が一杯で、1軒の特養に5～600人いるそうだ。結局、施設に入る順番待ちしつつ、亡くなっていく方も多い。その施設も、最近は、要介護3以上でないと入る資格はなく、待ち人が多いので、実際は、要介護4以上でないと入ることができない。

現実を知れば知るほど、暗澹とした気分になってしまう。もちろん、お金のある人は別である。月に15～20万円以上でも出せるという人なら、特養を待つ必要はない。高い施設なら空きはあるから、すぐにでも入れるだろう。だから、映子の場合は、なるべく家で頑張らないとならないのが現実なのだ。しかも、これだけ精神的に大変なのに、大吉はまだ、要介護1なのだ。次の認定は、来年の1月末になるだろう。あと4ヶ月。すでに、映子の精神は、壊れ始めている。いつまで持つのか、自分でもわからない。

今日までの5年間に、病院や薬、公的制度、食事のとり方、サプリメントいろいろな取捨選択をしながら、幻視、妄想を少しでも減らせないかと手を尽くしてきた映子だが、もう、体力も気力も限界を感じている。そして、幻覚、妄想は、改善しないという現実を受け入れるしか道はないと悟った。

なんとかならないかと、漢方の医院を訪れたとき、開口一番、

「認知症は、治らないんですよ」

とはっきりと言われた。

この一言は、強烈なボディーブローだった。足元がグラグラし、リングに倒れ込みそうになった。そんな事はわかっている。わかっているが、幻視、妄想と付き合うのにヘトヘトだから、どうにか道はないのかと、あちこち病院を変えなければならな

かったのだ。映子のたった一人の戦いを、理解してくれる人はいない。その事実は、あまりに悲しかった。

夜は、リラックスして熟睡するどころか、寝ること自体が、ますます困難になっていた。というのは、夜になると、一旦寝た大吉は、2時間後には起きて、トイレに行くが、その後、ガタガタ怪しい音がして、何事かをしているようなのだ。映子はもう、恐ろしいので現場を見たくないから部屋から出ない。でも、一晩に2～3回は、起きて、ウロウロしているのがわかる。ものすごい唸り声と、壁をどんどん蹴る音がすることもあった。トイレの便器をガタガタしている音がすることも。トイレが壊れるかもしれない、そうなったらと心配でも、起きて顔を合わせるのは怖い。せん妄状態の大吉は、知らない男だ。

朝、起きて、廊下に小水のたまりができていて、うっかり踏んでしまったこともあれば、ゴミ箱に小水がしてあることもある。家中のあらゆるところに、大吉は小水をかける。自分で拭くこともあるが、何故か映子のバスタオルや下着やTシャツで拭くのだ。わざわざ洗濯物としてためてあるところから持ってくるのだ。目の前に自分のバスタオルがあるにも関わらず。この心理が映子にはわからない。自分のものが大事ということなのだろうか？　大吉の小水がしみた下着は、たとえ洗濯したとて着たくない。すべて捨てるしかなかった。もっと困るのは、その小水の滴るパンツと靴下とスリッパで、家中を歩き回ることだった。毎日どれだけ掃除して、どれだけ洗濯し、スリッパを布からゴムに変えても、気力が持たない。朝、現場を目にするたび、その惨状に、映子は泣き叫び怒りを発散しながら、後始末をした。

家中を歩き回られないよう、一部の扉には小さな鍵をつけた。夜間は、鍵を掛けることで、被害を防ぐ。これは、一応功を奏したが、日中、鍵を開けるという一手間が加わり、ますます締めつけ感が強くなった。

この頃には、大吉は、Tシャツを穿くという芸当もやった。袖に足を通し、首の部分がウエストに来ている。どうやったらこんな着方ができるのか。ズボンの上に下着のパンツを穿く、ズボンの上にまたズボンを穿く。裏返しは当たり前で、ジッパーは上げられない。着替えを手伝わないと1時間でも着替えをしている。というより、着替えができない。

大吉は、自分の妄想を正当化しようと躍起になる。この家の住所は、彼の中では、職場のあったキャンプ場だ。そして、時々、映子が誰かわからなくなっている。まるで他人行儀に、「これから夜間プログラムご苦労さまです」などと言われてしまう。夜遅く、玄関からではなく、窓から外に飛び出す。そして、以前から言い続けている本当の家に帰ろうとする。しかし、12月の寒風に、そのところだけ正気に戻り、寒いのに10キロも歩けないから今日は行かない、と言い玄関を開けてくれと言う。どこまで現実がわかっているのか、わかっていないのかさっぱりわからない。

第13章　もう耐えられない　人生を終わらせたい

映子の頭もだんだんおかしくなってきたようで、文字がすぐ出てこなかったり、買い物に行っても、サービス券を探して見つけられなかったり、お金を出し間違えてレジの女性から、耄碌したおばあさんが来たという目線で見られたりした。買い物に、大吉を連れて行くことは困難だった。ここにいて、と言ってもすぐウロウロどこかへ行ってしまうので探し回って買い物にならない。

映子は、次第に朝起きられなくなってきた。夜、いつも不安感と恐れがあって寝ても眠りが浅い。朝、5時には起きてしまい、その後また少し寝て、起きなければと思うのだが、ベッドから起き上がれない。体が重く、気力がなく、集中力もなく、本を読むこともできない。テレビの映像は、少しでも戦争や暴力、殺人やいじめと言った話題が出ると、吐き気がして見ていられない。映画もドラマも過激なものは見ることができない。サスペンスやバイオレンス、アクションもの。恋愛ものさえ見ることができない。落ち着いて見られるのは、料理番組ぐらいだ。自分の内側が、薄い膜ででてきていて、些細な刺激でも、傷つき血が噴き出しそうに感じる。

映子は、なんとか持ちこたえるために、鬱を解消できる方法はないのか、本を探した。

マズローの「欲求の5段階」というものがある。ピラミッド型の底辺から順番に、生活の欲求、安全の欲求、社会的欲求、承認の欲求、自己実現の欲求の5つだ。この5つの欲求を満たすことで人は生きていく心の支えを得るという。

①生活の欲求は、生命維持のための飲食や睡眠を満たしたい。
②安全の欲求は、環境、健康、経済的に安定したい。
③社会的欲求は、家族、集団を作り「どこかに所属している」という満足感を得たい。
④承認の欲求は、人や集団から自分の存在を承認されたい。
⑤自己実現の欲求は、自分の持つ能力や可能性を人や社会のために発揮したい。

一番底辺で重要な、生活の欲求が、まず完全に満たされていない。飲食は、吐き気や胃腸の痛みで、最近食を抜くことが多い。睡眠はここ数年、リラックスして寝たことがない。

安全の欲求も全くアウトだ。どこにも安全な場所はない。常に警戒を続けなければならない。寝るときさえも。生活を覆うのは恐れだ。いつ、せん妄状態が起きるのか。そうなったら時間に関わらず逃げるか、死ぬかだ。常識的な説得など通じない。大吉の顔をした知らない男は、不条理な無理難題を実行せよと迫る。自分の言うことに反論するなら暴力に及ぶかもしれない。この恐ろしさは、経験した人でなければ理解できないかもしれない。映子は、自分が完全にPTSD状態だと思う。そして、これは、主に家で起こるから、デイサービスやショートステイの人は見たことがないのだ。

経済も赤字続きで、好転する材料はない。介護により時間を取られることで、今まで作ってきた人の輪から外れている。新しい人の輪を作ることもできない。社会的欲求もアウトだ。

ただ、幽かに、映子が作る人形だけが、認めてくれる人がいて、いくつか賞をもらった。

「特性のはしご」というものもあった。

安全があり、信頼があり、オープンであり、気付きがあり、選択ができ、自由があるところに愛が生まれ、安らぎがあり、全てが統合される。

この順番が大切なのだそうだが、今の状況では、安全はなく、信頼もなく、クローズされた環境では、気づきも、選択も自由もない。愛にたどり着けないし、安らぎも得られない。

今の状況を変えることはできそうもない。鬱っぽい映子を救う方法はない、ということがはっきりしただけだった。生きているのが楽しいとか、人生に意義を感じるとか、意欲が湧くとか、あらゆる肯定的なものは砂のように崩れていく。この介護の人生にあるものは、恐怖と、不条理と、圧倒的な経済的不安だ。終わりは見えない。どこまで耐えれば終われるのだろうか。助けは、ない。役所も病院も誰も、映子を助けてはくれない。

死んだほうがマシだ。毎日そう考える。救いの手はどこにもない。体だけは、まだ丈夫な大吉は、狂った頭であと何年生き続けるのだろうか。

雪山で、眠るように死んで行く自分を想像する。雪が生み出す白い世界の何という静謐。何という美しさ。その時こそ、世界が美しいことを実感しながら眠れるような気がする。

その想像が、今の映子には唯一の幸せだった。最後には、死ぬことができる。死ぬ自由はあると。

大吉は、今朝もかばんに何かを詰めて、玄関で迎えを待つ。誰か迎えに来ると頭の中でストーリーが出来上がっているらしい。しばらく待っても誰も来ないので、家に入る。

夜になるとますますせん妄度合いが強烈になってくる。「ここはどこだ、警察まで車で連れて行け、ここの住所がわかるから」と言い出す。住所がわかれば、誰か迎えに来られると思っているのだろうか。「川の向こうへ行けば、あるんだ」「本当の家に帰るには、電車に乗って羽田まで行くんだ」「川島中学の大吉です」などと脈絡のないことをつぶやきながらウロウロしている。玄関のドアを開けて、暗闇に話しかけている。その様子を見ていると吐き気がしてくるが、やめさせようとしてもやめないので、本人が気の済むまでさせておくしかない。田舎で、近くに家がないから、玄関で喋っていても、誰にも聞かれることはない。それだけが、まだ、救いだった。

1月、とうとう、映子は、自分が完全に鬱になってしまったら、どうにもならないと思い、大吉の入院を決めた。精神科の閉鎖病棟に1ヶ月。

第14章　初めての入院そして絶望

その日、入院の着替えなどをかばんに詰め、病院に到着したが、いつもの女医と院長だろうか男性の医師も出てきた。医師は、かんたんに挨拶すると、ＰＣをチェックし始めた。まだ、大吉の病状を把握していなかったらしい。その無言の時間が大吉には、耐えられなかったのか、「早く準備をしてくれ」と医師に言った。映子は、書類をたくさん書いて疲れ切っていたので、やはり、この男の医師の態度には何となく無礼な感じを受けていた。大吉もそれを感じ取ったのかもしれない。入院という緊張感を和らげるなんの会話もなかったのだ。

身長体重をはかるので外で待っていてくれと言われ、診察室の外で看護師が呼びに来るのを待った。診察室の中では、女医の笑い声が聞こえてきた。何が可笑しいのか。とても不自然な気がした。本当にこの病院は大丈夫なのだろうか。

看護師に案内されて、病棟へ行く。廊下は、複雑で、遠かった。病棟は看護師の指紋認証がなければ扉が開かない。最初の部屋は、３畳くらいの大きさで、ロッカーと金属探知機がある。靴の中までチェックして持ち込めないものをこのロッカーに入れてから、病棟に入る。

大吉は、早々自分の病室に連れて行かれた。映子は、担当の看護師と大吉について説明しなければならなかった。その日は、とても混んでいた。面会室もいっぱいで、廊下では、卓球を楽しんでいる人達もいる。入院患者だろうか、面会人だろうか？どこかから、「ギャー」という大声が何度も聞こえてきた。なんだろう。看護師に聞くと、「オフロに入っていて、機嫌がいいんですよ」という。あの「ギャー」は、楽しい表現なのか。まるで拷問を受けて苦しんでいるような声だけど、喜んでいるなら良かった。最後に看護師は、「時々1ヶ月ぐらい入院できるといいですね」と言ってくれた。それは映子の苦労を察しての言葉だと受け取った。帰ろうとすると、大吉も一緒に帰ろうとする。看護師数人に阻まれている間に、急いで映子は、病棟を出た。目の前で扉は閉まった。

中の喧騒が嘘のように廊下は静かだった。映子一人。他には誰もいない。

映子は今、自由だった。

今夜から心配しないで寝られるのだ。電気のパチパチスイッチの音もしない、小水の始末もしなくていいのだ。

複雑な廊下を歩きながら、映子の足は、床を感じることができなかった。何か、ふわふわした雲の上を歩いているような、現実感のない夢の中のような感覚だった。足に力を入れても、力が入らない。歩けているのが不思議なほど、足の実感が無いのだ。

階段を下りるときは、手すりにつかまりながら気をつけて歩いた。歩けているのだが、歩いている気がしない。体全体に感覚がなくなっている。やっと、車に乗り込んだ。シートにのめり込むように座ったまま、しばらく動くことができなかった。

この5年、自分がどれだけ力を振り絞って生きてきたのか、映子は今、実感していた。どれだけ大吉のことだけに気を配ってきたか。大吉が、人生の最終段階で精神病院に入院する。そのことを無残だと思う。それを避けたかったとも思う。でも、大吉の病状が自分の人生も心も踏み潰してきたことは、事実だ。映子は、すでに大きな空洞を心に抱える状態に変わってしまっていた。たとえこの1ヶ月、大吉のいない自由な時間ができたとしても、以前のように気の向くまま何かを楽しむことはないだろう。希望という文字は人生から消えてしまった。何のための涙かわからなかったが、映子は泣いた。


「こんなに夜が静かだったなんて」

染み入るような静けさだった。映子は、長い間悪い夢の中にいたのだと思う。その夢は、大吉という姿をしている。

入院する直前に、介護認定の見直しの時期が来た。このような惨状で、ケアマネージャーも、病院のソーシャルワーカーも要介護3は出ると見ていた。担当の医師は、映子の前で、

「要介護3なんて出ますかね。昨日、意見書、書いたところですけど」

などと、笑いながら言う。この医師は、患者の心がわからないのだろうか？　映子が、どれだけ日々苦労を重ね、施設に入れる条件を整えたいと願っているか、わからないのだろうか。

結果は郵送されてきたが、要介護2だった。映子は、足元が崩れ落ちるような絶望を感じた。どこまで行政は、映子を突き放すのだろうか。この結果は、来年の見直しまで1年続く。封書の中には、「不服があればここへ電話してください」と連絡先が印刷されている。

ケアマネによれば、不服申立ては、とても時間がかかるということだった。それよりも状況が変われば、区分変更がかけられる。時期を見て、そうしたほうがいいとアドバイスされた。確かに、今すぐ入所できる施設もないし、入院からどう変化するのか、数ヶ月待つことは結果的に良いことかもしれないと思うしかなかった。

映子の鬱症状は、一人になってもすぐには改善しなかった。眠りは浅く、睡眠時間

は短い。

　ＰＴＳＤは、ストレッサーがいなければ発動しないが、やはり、テレビで見る番組は、以前と同じ。ニュースでさえ、飢餓や貧困、殺人や暴動、事故や事件は見ることができなかった。創作活動も、できない。集中力がないのだ。すぐに疲れてしまう。

　映子のできることは、庭仕事だけだった。力仕事も、庭のためならば動くことができた。黙々と、土に触れ、植物のことを考える。土と植物に力をもらっている感覚がある。これがなければ、この５年間、映子は生きられなかったかもしれない。映子の庭を見た人は、皆、素敵な庭と言ってくれる。ここで、お茶を飲んだり、バーベキューしたりできるといいねと言ってくれる。手をかければ、それに答えてくれるのが庭仕事だった。植物も、人間と同じで、性格がある。日当たり、日照時間、湿ったのが好きか、乾いたほうが好きか、勝手にさせておくか、面倒を見るか。肥料は多いのか少ないのか、酸性かアルカリ性か。やはり、学ぶべきことはある。映子が、現実を忘れ、没頭できることが、植物たちを育てることだった。

　植物にも心がある。そう思わなければ理解できないようなことが起こる。映子が落ち込んでいると、枯れたと思っていた花が芽吹いていたり、可憐な花を咲かせていたり。まるで、映子にエールを送るかのように、植物たちは、息を吹き返し再生する。映子は、感動する。空洞を抱えていても、植物たちに感動する。枯れた茎に生えてくる、小さな葉を見つけると、ありがとう、生き返ってくれて、ありがとう、と声をかける。

入院していても、着替えは持っていかなくてはならない。短時間の面会もする。そして1ヶ月はあっという間に過ぎた。

退院前に、これからのことを話し合うために、病院に呼ばれた。ケアマネ、ショートステイ先の責任者、デイサービスの担当者、病院側のケースワーカー、担当看護師が病棟の面会室に集まった。担当の女医は、若い医師を連れてさっそうと面会室にやってきた。若い医師は、研修医なのだろうか。

「この病院は地域の中核病院ですから、いつも緊急に備えて病室を空けておく必要があります。ですから、再度入院することは許可できませんので」

開口一番、こう言い切った。

大吉の病状を説明するでもなく、どう考えても、こちらが不正に入院するのを許可しない、と言いたいだけのようだ。映子は、大吉が施設に入所できないので、入院という手段を使ったと責められているようにしか聞こえなかった。なぜこんなことを言われなければならないのだろう。頭が真っ白になった。もちろん、この発言になにか言う人は一人もいなかった。何のための集まりなのか？　大吉の退院後の生活について、病院側のアドバイスや、これからの方向をみんなで確認するためのものではないのか？　誰一人何も言わないので、女医は研修医を連れて出て行った。残った看護師が、自分で作成した退院後の生活のコピーを配った。

けれど、そこには、見るべきものはなかった。一般的な、文言が並んでいるだけ。そして、解散となった。

映子の頭の中には、この病院でいいのか？　という疑問だけが残った。あの女医に、施設に入れたいけれど行き先がない、とかそんな泣き言を言っただろうか？　いや、言っていない。入院するときも、映子が頼む以前に、入院したらどうですかと言ってきたのは、女医の方だった。それを2回も断った末の、苦渋の決断の入院だった。ああ、悔しい。なぜこんな事を言われなければならないのだ。どれだけ悩み、どれだけ苦しんだ末の入院だったか、まるでこちらが施設を悪用したかのようなこの言われよう。映子は、この悔しさをどうしたらいいのかわからず、日夜、頭からそのことが離れなかった。

以前もらったチラシの中に、電話相談窓口のものがあった。介護や認知症の悩み相談を無料で受けつけていますと。そのような電話相談は初めてだったが、苦しくて、番号を押してしまっていた。

その日は、ボランティアの介護経験者という人が、電話当番だった。

映子は、顛末を話しながら、あまりの悔しさに電話の前で、泣いてしまった。ボランティアの人は、ちょっと困ったといった感じで、背後の人がなにか指示している声が聞こえた。

「病院は他にもありますから」

といって、韮崎の病院を紹介してくれた。転院するにしても、慎重にしなければならない。今、薬をもらっているわけだから、受診しつつ、セカンドオピニオンという名目で他の病院に対して紹介状を書いてもらうことにした。

結局どの病院にするかちょっと迷い、ケアマネが勧める甲府の病院に行くことにした。

退院した大吉は、薬を8時に飲んで9時頃就寝という生活になった。病院と一緒だが、そのリズムを崩さないほうがいいだろう。睡眠剤が入っているから、とりあえず寝てはくれる。

しかし、夜中にトイレに起きるのは変わらない。しばらくは、何となく静かに寝てくれる日々が続いた。

しかし、映子にとって、大吉がいるだけで吐き気や胃の痛みが起こる。ストレスに耐える力が残っていないのだ。なるべく、デイサービスとショートステイのギリギリ使える日数で、家に1日じゅういる日を、2日以上にならないよう工夫する。

退院して初めてのショートステイで、大吉は、薬を拒否した。たった1回だが。家に帰り、その夜は、薬を飲んだのだが、その夜の放尿は凄まじかった。ベッドに向かって発射したので、マットレス2段とベッド本体がだめになった。それと同時に、棚に向かって放尿したので、棚がだめになった。

ベッドと棚を解体し、外に出し、一部は燃やし、マットレスは解体してゴミ出しをした。その一連の作業も、大吉が手伝うことはなかった。というより、手伝おうという気持ちはあったのだろうが、集中力がないので、10分も作業したら、家に入ってしまった。ベッドのマットレス解体は、骨の折れる作業だった。燃えるゴミと燃えないスプリングを分別し、スプリングは、カッターで切って細かくして袋に詰める。これが硬い。映子は、手の皮がすりむけてしまった。

このベッドは、大吉が30年前、自分でアメリカから個人輸入したお気に入りだったのだ。そこに自分が小水をかけておしゃかにするなどと、夢にも思ったことはないだろう。本人にも痛手だったかもしれない。しかし、自分の不始末は、数日で記憶から消える。それが認知症だ。いや、それは、今に始まったことではなかった。20年も前から、そうだったのだ。自分に不都合な記憶は消えていた。

大吉は、動けるものだから、家にいると戸棚や引き出しから物を取り出し、隠してしまう。映子の裁縫道具も、いつの間にか中身が行方不明になり見つからない。映子の服がグレーや紺だと大吉の服と同じところに押し込まれてしまう。テーブルに二人分のヨーグルトがあれば一人で全部食べてしまう。映子が食事中むせて咳をすると、「こっちに向かってするな」と怒る。そこは、「大丈夫か」じゃないのかと突っ込みたくなる映子だった。

会話は通じない。映子の歯ブラシでポマードを塗る。知らない映子は、それで歯磨きをしようとして匂いでゲッとなった。電気はつけっぱなし。かなりあちこち、電球を取ったので、スイッチ押しても半分はつかない。そして、ついに階段の電気が切れた。毎日バチバチやっているからいつかは切れるだろうと思っていたが。吹き抜けの天井は高いので、この電球交換作業は大変な手間になる。しばらくはこのままだ。大吉はつかない電気をバチバチとスイッチを押してつけようとする。毎日、そこは電球が切れたのよ、と教えなければならない。

食欲は旺盛で、美味しいものを食べるのは好きだ。しかし、お菓子と間違えて、キャットフードを食べたりしているから、どこまで味がわかっているのか疑問だ。嗅覚は、あまり良くない。ショートステイで不満なのは、食事が美味しくないことらしい。

美味しいものを作るから、というのが映子との結婚生活の全てだったのかもしれない。結婚記念日も、誕生日も祝わない大吉だった。映子が、結婚して初めての大吉の誕生日にプレゼントしたものは、結局一度も使われることはなかった。だから、それ以来、映子は大吉の誕生日は祝わなかった。大吉も映子の誕生日を祝わなかった。映子は、子供の誕生日だけは、プレゼントとケーキを欠かさなかったけれど。

ある時、ショートステイから帰ってくると、

「今日は、相模湖まで行ってきた」

という。この妄想は、何日も続いた。相模湖に誰かがいて、誰かと戦っているらしい。何のことやら、説明も意味不明なのでわからないが。誰かにお金を借りたと言い出すこともあった。結局、入院しても幻視、妄想は更にヒートアップして来ている。当初、9時に寝ていたが、次第に10時になっても寝なくなり、遅くまで起きていようと頑張るようになっていた。以前の自分がしていたように。

それとともに、幻視、妄想も危険なシチュエーションが増えてくる。ガラスが散らばっているから危ない、家の中に蛇がいる、風呂場の水栓が壊れて水が漏っている、誰かが自分を陥れようとしている、などなど。トイレに行くと言って、風呂場でズボンを脱ぎだす。見当識が狂っている。いっときも目が離せない日が続く。

退院して3ヶ月後のある朝、大きなせん妄状態が起こった。

「大変だ。ちょっと来い」

と大吉が言う。階段を上ると、自分の部屋の椅子を、解体していた。

「手伝ってくれ。椅子のシートの下に息子が挟まっていて出られないんだ」

映子の心臓がドキンと大きく打ち、世界が真っ白になっていく。

「うちに息子はいない」

と言うと、大吉は、立ち上がって映子の目の前に来る。映子は後退りする。脇を見ると、猫ハウスが乱暴に縦置きにされており、中には猫が入ったままだ。寝ていたところを縦置きされてびっくりしたろう、かわいそうに。急いで猫をそこから出してやった。

大吉が近寄ってきて、

「お前は自分の息子を助けないのか！」

と怒っている。殴られるかもしれない、と瞬間思う。

「うちには娘しかいない！　覚えてないの」

叫びながら映子は、椅子の方へ動きつつ、自分の部屋に電話を取りに行った。大吉には、この部屋に入らないよう何度も言ってある。というより、「入るな！」と叫んでいる。なぜか、押し入ろうとはしないので助かっているが。病院に電話をしたが、医師は診察中なのでお折り返し掛けるという。とうとう、猫の命まで危なくなってきた。入院したって、やっぱりせん妄の発作は起きるのだ。何も変わらない。いつまでこの恐怖が続くのか。怒りとも恐怖ともつかない震えが襲い、映子は、荒く息をしていた。大吉は、また、椅子をいじっているようだ。しばらくして、医師が電話をかけてきて、いつも飲ませている薬をもう1錠飲ませてみるように言った。そして、大吉に飲ませた結果、大吉は、ソファーの上でガーガー寝てしまった。慌てたのと、効かなかったらという心配で、2錠飲ませてしまったのだ。また、病院に電話する。夕方4時に病院へ行くことになった。

結局、医師は、急いで処方箋を書き、薬の量を少し増やした。これで様子を見るようにということだ。また、映子の恐怖は置き去りだ。映子はもう、死にたいと思う。お願いだから、死なせてくれ。

第15章　長期保護入院

つばさ病院は、入院が中心の病院らしい。ここに至る道は細く、くねくねしているのは、山に行く道だからだ。この病院には精神科しかない。

今度の医師は、経験値の有りそうな軽いおしゃべりが面白い槇丘先生だ。週に2日しか勤務していないが、大吉だけでなく、映子の話も聞いてくれる。大吉は、同年代と踏んだのか、どこか出会ったことがあるのではと、しきりに医師に問いかけている。セカンドオピニオンということで来たが、主治医として見てもらうことにした。槇丘先生は、いつでも入院できますよと言ってくれた。

次の診察のとき、入院についてお願いしてみようか。映子は思った。

大吉の入院は3ヶ月〜6ヶ月と決まった。

ケアマネは、退院後は、そのまま施設に入れるよう、調整できるといいですね、と言った。

コロナワクチンの接種を終えてからなので、診察当日というわけに行かず、3週間後ということになった。映子は、このあとの予定を考えると、姉兄の対面をしておいたほうがいいかもしれないと思っていたが、都合よく日程が決まり、大吉の家まで来てもらうことができた。コロナがなければ、施設に入ろうが面会はできるのだけれど、今は、難しい。これが、最後かもしれない。いつまでお姉さんやお兄さんを見分けることができるかも怪しい。大吉の頭も、いつまでお姉さんやお兄さんを見分けることができるかたことは、本当に良かったと思う。短い時間だったので、詳しい話はできなかったが、お姉さんは一言、

「怖かったでしょう」

と聞いた。いままで、こういう反応をした人はいない。お姉さんは、洞察力のある人だった。お兄さんが何でもお姉さんに相談するのはなるほど、そういうことなのだと、映子は、深く納得した。

入院の前日、雨の晴れ間に散歩をした。ここに越してきてから、いつも歩いた散歩コースだ。いつもの道は、いつもどおりそこにあるが、歩く人は随分変わった。以前は、映子より早足で歩いていた人が、今では、映子が時折立ち止まって待つ。後ろから見ると、その背中は、斜めにかしいでいる。大吉の目には、今、この世界はどう写っているのだろう。午後の光は美しく見えているだろうか。

甲斐駒ヶ岳が、映子をここへ呼んだ気がする。甲斐駒から見れば、なんと短い人の

一生であろう。大吉がどんなに生にしがみついたとて、甲斐駒には到底届かない。もし、施設が決まらず、大吉が家に戻ってくるならば、もう介護には耐えられまい。それまでに、全て、この世の雑事を片付けるのだ。人生は、もう終わっているのかもしれないと、映子は思う。胸の奥に大きな空洞ができたあの時から。「今日は死ぬには良い日だ」と言いながら山のてっぺんで魂を空へ返せたら素晴らしい。ネイティブアメリカンの生死感を映子に話したのは大吉だった。

第16章　大吉の人生　映子の人生

初診の日、映子は、つばめ病院に、今までどの病院にも感じなかった強い威圧感を感じた。

よく漫画で、見開きにドーンというおおきな書き文字が書かれていることがあるが、まさにそんな感じの鈍く大きな爆発音のような、音の圧力。建物の全面を覆う中が見えないガラス窓は、黒光りして膨張し、こちらに迫ってくるようだった。ここが最後の病院になるのかもしれない。そんな運命的な圧力だった。

コロナワクチン接種の2回目を終えて、7月29日木曜日に、大吉は入院した。看護師さんに、検査をするからと誘われて、映子に振り向くことなく、病院内部へ消えた。少なくとも6年近く介護していた夫は、家に6ヶ月は戻らない。それ以降のことは、また、病院との話し合いで決めることになっていた。

その日から、穏やかに暮らせたか？

映子にとって、自分自身に向き合う日々が始まった。長い間の、恐怖と緊張の日々は、映子の精神を根底から破壊していた。胸の空洞ができたあの日以来、恐怖は積み重なって、体調も不安定になっていた。

息が苦しくて、CTを撮ってもらったが、肺になんの病変もなかった。寝ていて、夜中に大量の鼻血が出て目覚めることが1週間以上続いたこともあった。頭痛、妙な発汗、鼻水や痰などの不快な症状が続く事もあった。胃腸の不調は、ずっと続いた。疲れやすく、集中が続かない。テレビなどのニュースで流れる不幸な映像のどれも見ることが耐えられなかった。それは、ドラマや映画にも言えて、見られるものといえば、料理番組か、淡々とした映画やドラマ。「ゆるキャン」は見られるけれど、「鬼滅の刃」は見られないという感じがわかりやすいだろうか。

幼稚園からオルガン、ピアノと続いた楽器を弾く楽しみは、完全に失われた。リコーダーもライアーも何も弾く気になれない。鼻歌さえも浮かばない。流れてくる曲には、耳を傾けることはあるが、心の奥までは届かない感じだ。

不眠は続き、猫が夜中に歩く足音にさえ、以前の不穏な状況を思い出し、目が覚める。4時間ぐらいの睡眠で、熟睡ができない。人と話すのもつかれる。誰にも理解されないという気分が大きくのしかかる。

結局、9月になってつばめ病院に電話をし、映子も診察してもらうことになった。槇丘医師を希望したのだが、忙しいのでと断られ別な医師が担当となった。つばめ病院では、認知症の担当が槇丘医師だけだったため、大変混んでいたようだった。

この医師は映子の恐怖を理解してくれなかった。ただ、薬を出すことのみで終わった。睡眠導入剤は、最初のうちこそ5時間の睡眠を確保してくれたが、3ヶ月目には、飲んでも飲まなくても5時間は眠れるようになった。鬱の薬は、1ヶ月ほどで、頭が真っ白になって意識を失いそうになるという恐ろしい経験をしたので、やめた。そのことを医師に話すと、では、また具合が悪くなったら来てくださいと、診療を切られてしまった。

映子が受診する前の年、皇室の方が、SNSで心が傷つき、複雑性PTSDと診断されたと話題になっていた。PTSD自体は、生命の危機、事故現場、戦争体験などで発症するとされていたが、このニュースは、PTSDの解釈の広がりを示唆したものだったと思う。重度の恐怖への直面という体験をした人、被害のあとの社会的サポートが足りない人、生活のストレスが大きかった人は発症しやすいと理解されるようになった。

PTSD
個人の力ではどうしようもない圧倒されるほどの攻撃的出来事を経験した場合、それが大きなトラウマになり、その後、様々な精神的身体的問題を起こすことがある。傷を受けたあとその傷がいえないまま後遺症として残る病気の一つ。

映子の主治医は、この解釈を用いなかった。単なる強い抑圧状態という診断を下していた。薬が合わないのは、当たり前かもしれない。この傷は、鬱の薬では治らないものだったのだと、映子は思った。そして、その医師は映子の本当の状態を理解していたと思えなかった。映子が前回の診察で話した話も覚えていない。またもや踏みつけにされた気がして、だんだん怒りが湧いてきた。怒りをぶつける先もなく、介護日誌に、殴り書きし、気持ちを収めた。

年末になり、映子は、病院に行くことを断念した。新たな医師を探すことにも疲れた。時間が解決してくれるかもしれない。そう思うことにした。

大吉は、入院してすぐに、他の人のものを取ったり、夜中に人の部屋に入ったりしたため、人に迷惑なことをしないように、夜間だけ鍵付き個室に入っていた。数ヶ月して、薬が安定してくると、普通の病室に移ったようだったが、コロナで面会禁止のこともあり、本人に確認することはなかった。もっとも、コロナで一番恩恵を受けたのは、映子かもしれない。面会ができても、けして行かなかったであろうから、面会禁止が対外的な免罪符として有効活用できたからだ。

大吉が入院したその日、家に帰ってきた映子は、大吉が座っていたソファーを見て、吐き気を催した。ダイニングの椅子も、何もかもこのままではこの部屋では暮らせない。とにかく、ソファーは見えない和室に移動し、ダイニングテーブルも位置を変えて、その日はやり過ごした。

それからの何ヶ月間、以前のことを思い出させる何もかもを、捨て去る毎日を過ごした。この家で暮らすためには、大吉を思い出させるあらゆる品物を、見えなくしなければならない。介護中の記憶を蘇らせないために。

年が明けて、1月のはじめに、つばめ病院で6ヶ月後の話し合いが持たれた。入れる施設があれば、そちらに移ることになるが、特養は、未だ空きはなかった。

映子の地域の特養は四つあったが、うち一つは新しい利用者を全く募集していないので、三つに利用申込を出してある。一つは、ショートステイを利用していたので、一番可能性があったが、幻視妄想が強いので入所できそうもなかった。もう一つは、郵送で送り、最後の施設は書類を直接届けに行った。

若い所員が用紙を受け取り、「300人待ちだから、2年も待てばはいれるんじゃないですか」と、軽く言う。その一言に心が折れる。涙が溢れる。ここからさらに2年という月日は、映子の介護の年月としては長すぎる。生きていけない。そうでなくても、いろんな壁に阻まれ続けてきたのだ。なぜこんな無駄なことをし続けなければいけないのか。

ある病院では、「認知症は治らないんですよ」と諭すように言われる。そんなこと分かってる。分かってはいるけれど、何かせずにはいられない。どこかに、救済はないのかと。どこかに、この窮状を打破する突破口はないのかと。そして、最後に行き着いたのがつばめ病院だった。もう、どこにも頼れない。この病院から出てきたら、もう、生きる道はない。高い施設なら空きはあるようなのだが、経済的余裕など、ない。

もう一つ、がんをどうするかという問題があった。

全身麻酔での検査ののち、多分、直腸の腫瘍から肺に転移しているのだが、手術をするかどうかという選択もしなければならなかった。

もう、本人は、決断できる状況ではないから、責任は映子にかかってくる。本人に、手術とその治療の自覚がない場合、手術の傷がいえるまで、患者は、病院のベッドに拘束されて何日も過ごす。実際その経験をした親族が、手術なんかするんじゃなかったと思うくらい、拘束された認知症患者は、叫び続けたという。そこまでして治療しても、認知症自体は治すことはできない。

大吉の兄から、がんの治療について電話がかかってきた。映子は癌の治療はしないと決めていたが、兄という人にその説明をまたしなければならないのは、本当につらいことだった。どれだけ自分は冷たい人間と思われるのであろうか。その結果は、映子が背負い込むしかないのだ。

入院から1年と3ヶ月半。大吉は、享年76で亡くなった。

死因は、肺がんだが、死亡診断書には、誤嚥性肺炎と記された。それは、映子にとってどうでも良かった。

病院から電話をもらい、面会に来いという。それは、危篤なのかどうなのか、判然としない連絡だった。義兄に連絡し、面会の日にちを調整しようとしたが、義姉に連絡が取れないとあたふたしていて、なかなか決まらない。

映子は翌日、病院の支払いに行き、面会をした。

大吉はすでに、数日、呼吸困難な状況が続いていたらしい。酸素が肺に入らない。どんなに呼吸しても足りない。そんな状況だった。

癌の末期は認知症の患者の緩和病棟があるから、そこへ移るはずだったが、コロナのせいで、その病棟は塞がってしまった。大吉が受けられる緩和ケアは、残念ながら無くなってしまった。精神科では、モルヒネが使えないそうだ。痛みや苦しみを緩和することができなくなってしまったのだ。

大吉は映子がわかったようで、必死になにか喋ったようだった。しばらく前から、発語ができなくなっているとは聞いていたが、その音は、「ありがとう」と聞こえたような気がした。映子は、大吉の額をさすって、「よく頑張った、よく頑張ったね」と言うことしかできなかった。大吉には、何か見えていたのだろう。両手を上に挙げて、何かに触ろうとしていた。もちろん、映子に見えるはずもなかったが、お父さんがお迎えに来ていたのかもしれないと、なんとなく思った。

今晩が越せるかどうかと言う状態だったが、精神科の病棟なので、終日付き添いをすることはできなかった。翌日、朝一番でまた面会に来る予定で一度家に帰るしかなかった。子供たちに急ぎ連絡して、翌朝、病院に向かった。

まさに病院の駐車場に入ろうというときに、電話が鳴った。

間に合わなかった。

ベッドの上の大吉は、溺れた魚のようだった。海から引き上げられ、浜で息絶えた魚のように、大きく虚空に口を開けて、最後まで酸素を求めていたのだろう。「最期はおだやかでした」と看護師さんが言った。

大吉の苦しみは終わった。

しかし、その苦しみの原因を決断した映子は、そのことを忘れることはない。もし、がんの検査をしたとしても、手術できたかはわからない。他の病院で検査したとき、医師は、この位置の肺がんを取り除くには、大手術になりますね、といったきり様子を見ようと言われたのだ。それでも、できるだけのがんを取り除いていたら、苦しみは半減したのだろうか。いくら考えても、答えはないと思う。そう思うが、何が正しかったのか、どうすればよかったのかとつい考えてしまう。

大吉より早く認知症になっていた映子の母は、90を超えてまだ健在だ。もちろん認知症である。母の認知症は、物忘れが主だが、未だに自分でトイレに行くことができる。呪いの電話もかけることができている。介護している弟のほうの健康が心配になるくらい元気だ。

映子は、自分が母の体質を受け継いでいれば、このように長生きしてしまうのかと、少し心配になる。いや、自分は父親の方に似ているようだから、そうでもないかとも思う。

次はあたしの番だから、人生の最期は、今まで大吉や子供のためにと自分を捨てて選択してきたことを、自分のためだけを考えて選択するのだ。あたしは何をしたいのか。本当のあたしはどんな人生を終えたいのか。

映子の人生は、あまりにも、人に左右され続けていた。映子はアダルト・チルドレンの性質を持っていたために、人のためにお世話をすることが、当たり前の人生を送ってしまった。自分を蔑ろにし、人の要望を実現することの方に興味関心が行ってしまう。小さい頃から、親に甘えさせてもらえなかった小さな映子は、親を助けるのが当たり前の気質になってしまっていた。そして、さも、自分は大丈夫という顔をして世の中を歩いてきたのだった。

でも、本当は、全然世間を知らない、人に頼れない、悲しい一人ぼっちだったのだ。だから心弱いもの、幼いものに惹かれる。心弱いものの優しさに惹かれる。それが大吉と結婚した理由だった。映子は、それに気づいた。やっと気づくことができた。

癒やされなければならない。

傷ついたあたしを、あたし自身でもっと大切に気遣ってやらなければならない。

死のゴールまで、映子は本来の映子となり、自由に生きて死にたいと思った。

不眠が続く眠れぬ夜、明け方4時に目を覚ます。

薄っすらと明るくなり、もうすぐ日の出だという時刻、静まり返った林の中から、突然ひぐらしの大合唱が始まる。

映子は、ひぐらしは夕方鳴くものだと思っていた。勿論日中に鳴くこともあるが、名前の通り夕暮れがふさわしい蝉だと思っていた。しかし、毎日のように、朝日がさす頃に、大合唱が始まる。それはまるで、朝日を賛美するがごとく、喜びに満ちている。

30分もすると、始まったときと同じように唐突に、静寂が戻ってくる。

しかし、ひぐらしの合唱により世界は変わった。

朝焼けの空を歓喜に染め、暗闇を浄化したあとの清々しさ。今、世界は生きている喜びのエネルギーで満たされているのだ。

蝉は、7年間、暗い土の中で密かに脱皮を繰り返し、地上に出てくるのだ。7年もの長い間生きる虫は少ないと思うが、暗闇から地上に出て光を認識したときの驚きと喜びはいかばかりかと思う。しかも、光の中で生きられるのはわずか7日間。次の世代を残す輝かしい青春の7日間である。

でも、光を賛美するのは、ひぐらしだけだ。人間には物悲しい声に聞こえるひぐらしだけが朝の礼拝を実行している。

映子は今、光ある地上に這い出してきたひぐらしの成虫に自分を重ねる。

完

あとがき

この本に書かれていることは、すべて事実です。ただ、特定の誰かを非難することが目的ではないので、すべての固有名詞は架空の名前に変えてあります。

介護日記をつけていました。それは、事実を書き残すだけでなく、私の感情、思考をなんとか現実につなぎとめるためのヒーリングでもあったのです。医療関係者の無理解に苦しみ、制度の壁に悩み、誰にも言えないことを、文章を書くことで乗り越えてきました。

もうだめだと思ったことは何回もあります。でも、生き残りました。いや、生かされてしまいました。傷だらけではありますが、この経験をケーススタディとして残すことで、これから何らかの良き方向性を探る一粒の種として、残したいと思いました。

介護経験者は、きっと終わったらもう思い出したくない、忘れようと努めるでしょう。亡くなった方の良いところだけを覚えておこうと思われることでしょう。私も、出来ればそうしたかった。でも、介護殺人や介護自殺の事件を聞くにつけ、私と同じように苦しんでいる方たちが大勢いらっしゃる。その苦しみが軽くなるような、制度の改正や、レビー小体に関する理解が深まればと思ったのです。吐き気をこらえて、本を書きました。本にするための費用がなかったので、賞に応募してもみました。世の中そんなに甘くないので、結局、そういうものに応募している時間が無駄だと思うようになりました。だから、立派な本を作ることはできませんでしたが、この小さな本が、必要な方、必要な場所に届きますようにと願っています。

私は、認知症についての知識は殆どありませんでした。介護の中で、必死に勉強したのです。レビー小体型の特徴である幻視、妄想は、統合失調症の方と同じような症状であり、他の認知症と同じに考えてはいけないと思います。長谷川式スケールでは測れません。幻視妄想がどんなに酷くてもそれ以外の認知は結構生きています。レビー小体が脳のどの部分に構築されるかで症状の出方は変わってくるでしょう。薬剤過敏で、薬を新しくするとせん妄が出たりします。空間把握能力がなくなりますので、自動車の運転は早いうちに辞めたほうが良いです。しかし、これらのことは、本人が申告しない限り、傍目にはわかりません。

大吉の幻視は、２０１６年にはすでにあったようです。ただ本人がそれを言うことはありませんでした。子どもの話から最近わかったことです。病院に行ったのが２０１８年ですから、少なくとも2年間は本人にとって幻視＝現実だと理解していたのでしょう。もちろん、それ以降も幻視を幻視として理解することはなかったような気がします。

２０２３年に出版された『「心の病」の脳科学』という本には、あたらしい脳科学の情報が載っていましたが、その最後の方に「パーキンソン」に関する記述がありました。腸内環境により生み出されたα-シヌクレインが脳内に溜まる。延髄、橋、中脳、大脳と溜まって過程に15年から20年かかるということが書かれていました。

本ではレビー小体という言葉を使ってはいませんが、パーキンソンとレビー小体型認知症は兄弟のようなものです。

私がグルテンフリーを始めたのは、遅すぎたのです。レビー小体型認知症の予防には、20年以上前から取り組まなければ意味はなかったのです。

情報が介護者また本人に行き渡ることは、とても重要なことです。知らないことの恐怖、不安は増幅して行きます。俳優のロビン・ウイリアムズさんは自殺しましたが、検視解剖の結果、レビー小体型認知症でありパーキンソン症状を発症していたことがわかったそうです。生前担当医師から病名は告げられませんでした。自分の病状が何なのかどうなるのかわからない不安はどれほどだったでしょう。大好きな俳優さんだったし、このような最期を迎えるなんて想像もできませんでした。胸が痛みます。認知症については、胸の痛むことばかりです。病気は、残酷なものです。つらいものです。でも、介護者の人生、介護者の心をこれほど破壊する病気は、レビー小体型認知症が一番ではないだろうかと思うのです。

知ることによって、予防もできます。これから起きる悲劇を回避できるならどんなによいでしょうか。新しい発見や、治療法、より介護者の人権を守る社会的な制度が充実することを、介護者の皆様のご無事を、祈っております。

２０２３年９月吉日

参考文献

『レビー小体型認知症　即効治療マニュアル　改訂版』河野和彦著、フジメディカル出版
『認知症にさせられる！』浜六郎著、幻冬舎新書
『飲んではいけない認知症の薬』浜六郎著、SB新書
『認知症を絶対治したい人が読む本』岩田明著、現代新書
『認知症はもう不治の病ではない！　脳内プラズマローゲンが神経細胞を新生する』藤野武彦・馬渡志郎・片渕俊彦著、ブックマン社
『心の病は脳の傷　うつ病・統合失調症・認知症が治る』田辺功著、西村書店
『私の脳で起こったこと　レビー小体型認知症からの復活』樋口直美著、ブックマン社
『誤作動する脳』樋口直美著、医学書院
『第二の認知症　増えるレビー小体型認知症の今』小阪憲司著、紀伊國屋書店
『パーキンソン病少しずつ減薬すれば良くなる！』中坂義邦著、ブックマン社
『その症状、もしかして薬のせい？』長尾和宏著、セブン&アイ出版
『幻覚の脳科学　見てしまう人びと』オリヴァー・サックス著、ハヤカワ・ノンフィ

クション文庫
『心の病は食事で治す』生田哲著、ＰＨＰ新書
『発達障害に気づかない大人たち』星野仁彦著、祥伝社新書
『自分の「異常性」に気づかない人たち　病識と否認の心理』西多昌規著、草思社文庫
『ネガティブ・ケイパビリティ　答えの出ない事態に耐える力』帚木蓬生著、朝日新聞出版
『心的外傷と回復』ジュディス・L・ハーマン著、みすず書房
『完全なる人間　魂のめざすもの第二版』アブラハム・H・マスロー著、誠信書房
『エドワード・バッチ　フラワー・レメディー・ハンドブック』P・M・チャンセラー著
『バッチの花療法　その理論と実際』メヒトヒルト・シェファー著、フレグランスジャーナル社
『認知症のやさしい介護』板東邦秋著、ワニ・ブックス
『「心の病」の脳科学　なぜ生じるのか、どうすれば治るのか』林（高木）朗子、加藤忠史編、講談社

くようだった。5日目、別棟に風呂があり、そちらで入ったと主張する。攻撃性が増している感じの喋り方。自分が感じていること、見えているものを正当化したいらしい。映子にどうしても納得させたいらしい。しかし、これがエスカレートすれば、他の家に侵入しかねない勢いだ。人の言うことが理解できていないので、話は、大吉が勝手に喋っている。コミュニケーションにはなっていない。食事の量が減り、幻視の人たちに、お茶を配るのに躍起になる。

6日目の朝、起きてすぐに、映子に車で大変なことがあると言い出す。車に子供が乗っていて、助けないといけない。大変だと騒いでいる。映子が、

「車には、鍵がかかっているので、誰も入れないわ」

というのだが、すごい剣幕で

「子供の命がかかっているのに、お前は何も感じないのか。早く開けろ」と騒ぐ。

車の鍵を開けるが、もちろん誰もいない。すると、

「どこかに隠れているんだ」と言いながら、

車のシートを剥がしたり、保冷ボックスの中にいるんだと言って、蓋を外したり、幻視で見えているスタッフと称する人たちと話し合ったりしている。もう、映子の言うことなどまるっきり聞く耳はない。せん妄状態だ。朝からこんなにひどくなったのは初めてだった。外で、こんな成り行きを通行人に見せるのはどうかと思い、家に入

えず、映子たちは、病院から突き放された。次の病院を探さなければならない。

ケアマネージャーから、県立西病院を紹介されたが、そこは精神科だった。

確かに、大吉の主な症状は、精神科に分類される。病院に電話をし、今までの経緯を伝えケアマネージャーの紹介で連絡したことを伝えた。診察予約をして、映子は一息ついた。とにかく、病院と繋がった。安心とも、不安ともなんとも言えない。どんな医師なのだろうか。

県立西病院は、担当医師は、結構たくさんいるようだった。精神科と言っても、思ったほど暗い感じはない。若い人も結構受診していた。最初は、身体検査やレントゲン、認知症の卓上検査などをした。診察室で待っていたのは、若い女性の医師だった。一応、説明したことは伝わっているようだ。ただ、少量の薬を試してみませんかと言われ、どうしようか迷ったが、いつ止めても良いということで、薬をもらって帰った。リスペリドンという薬だった。

服用した1日目は、よく寝た感じがしたというので、続けても大丈夫かと思ったが、2日目は、幻視の正しさを、強力に主張しだす。朝の6時、大声で「弓矢で射ったろう」と言ってトイレに入る音がした。レム睡眠障害か、見に行くと寝ている。4日目、夕方からおかしくなり、別棟に行く、部屋はどこだと言い出し、自分の荷物をまとめて、お持ち帰りしようとしている。ひどくなる妄想に、映子は、足元が崩れ落ちてい